乱码

叶向阳　著

长江出版传媒　｜　长江文艺出版社

图书在版编目（ＣＩＰ）数据

乱码 / 叶向阳著. -- 武汉：长江文艺出版社，
2016.12

ISBN 978-7-5354-8988-3

Ⅰ．①乱… Ⅱ．①叶… Ⅲ．①诗集－中国－当代
Ⅳ．①I227

中国版本图书馆 CIP 数据核字(2016)第 160642 号

责任编辑：谈　骁　　　　　　　　责任校对：陈　琪
封面设计：吴亦童　　　　　　　　责任印制：左　怡　　胡丽平

出版：　长江出版传媒　　长江文艺出版社

地址：武汉市雄楚大街 268 号　　　邮编：430070
发行：长江文艺出版社
电话：027—87679360
http://www.cjlap.com
印刷：武汉市福成启铭彩色包装印刷有限公司

开本：640 毫米×970 毫米　　　1/16　　印张：20.5　插页：2 页
版次：2016 年 12 月第 1 版　　　　　2016 年 12 月第 1 次印刷
行数：6490 行

定价：36.00 元

目　录

下 部

上　部

谜

不要猜出它
那是值得珍藏的困惑

陶　艺

塑一个罐
装满祖先留下的水
还有可以预测未来的阳光
在水和阳光之间，枯萎的禾苗开始返青

塑一只碗
倒满招待陌生人的酒
客人醉了，一声兄弟，喊破了碗
天上的月亮，正圆

塑一匹马
让它四蹄生风
翻过高山，蹚过大河
用惊人的速度，跑进博物馆

塑一个俑
陪葬，面带微笑，心甘情愿
等到重见天日，在阳光下
翻供，指证黑暗

塑一尊佛
不下跪，不烧香

普度众生，慈悲为怀
让默许的愿，在现实的钟声里回响

塑一个人
塑一个活生生的人
怎么说呢？先让他熬过一千度的高温
然后再谈，是不是已经成熟

葡萄熟了

风
邀请我去葡萄园
用它清扫干净的小路，还有天空

藤蔓
燃起绿色的火苗
筛过的阳光
斑斑如鳞

看不见的鸟
在空中翻飞
但叫声，清晰地裁剪出它们的身影

葡萄架
帮我构思悬而未决的作品
而葡萄
已经到了采撷的时候

那些
红得发紫的葡萄聚在一起
简直像在为否定它们"成熟的罪行"
悄悄串供

母 语

这一天
在所有的时光中到来
忙碌的想象中
是天边袖手旁观的彩云

我在落叶的寓意中漫步
擦身而过的世界，快步如飞——
忧伤正以福利的形式呈现

上帝给我的一切
都是梦中早已抛弃的杂念
我的表情已经凝固
除了泪水没有什么能够派上用场

哭泣才是真正的母语

寓言的等待

九月顺水而下
船让两岸的庄稼逆水而行
风，撞死在帆上

整个世界，头朝下
脚朝上，生命结束于它的
开始，万物回到起点

白天，雨落向天空
夜晚，星星和月光积水涟涟
海，平静的悬念

寓言等在那里
等待抛弃和背叛过它的人
回来赎罪

何以动心

鹰，比天空还要无望
犁，比土地更加荒芜
我说：泪水下雨，落叶下雪
这绝对不是偷换概念

寓言笼罩着我
真理之光就像梦的前言
艳阳和残月并不代表盈亏
洪水也无法满足大河的心愿

不要给我春天和美女
不要给我堆满每天整整二十四小时的黄金
只有惊醒一个国家的雷
才能打动我的心

写 诗

我不是在写诗
只是在台灯的辅佐下
收养一些无家可归的词
这不是写诗
这是行善

想到无数人的痛苦
我真想挥舞大刀
杀灭与真理为敌的人
这也不是写诗
这是行凶

事实上
我既不能行凶，也不能行善
面对这个世界
我常常写不出一个字来
泪水直接排版
发表在素面朝天的纸上

历史论

大河困在杯子里，嘴唇是它的岸
鱼依附于水，但并不为水服务

雷霆说：我想娶谁，就娶谁
彩虹说：宁可上吊，我也不愿下嫁

鱼游到山上，所有的水开始失业
船兴奋不已，脚下的水再也无法讨价还价

枯水季节，山洪席卷民怨而来
手拿图纸的人，在体制的上游修建一座大坝

人都相信：历史是公正的
我更相信：修正历史的人

黄　昏

小路已到尽头
晚霞老态龙钟

群山不语
枯草做空整个秋天
风替隐匿财产的人搬家

孤独者长长的背影
虚拟的地平线

秃 山

婴儿夭折了
产妇哭诉着山上被砍光的树
这有点莫名其妙，问题是
人都生不出来，哪里去找栋梁

族长死了，没有火葬
满山的石头惊讶不已
保全尸体还在其次
主要是，他哪来一副上好的棺木

夭折的婴儿用布一包
也埋在那座山上
一个埋在山腰
一个埋在山脚

悬空寺

一朵云
随我飘进寺里
我求方丈为我被尘世浸泡过的脑袋
开光

先焚香，随后
窗棂的影子伴我五体投地
人生悬在半空
许下的愿
无法落地

走出寺门
鸟把挥霍一空的苍天送给我
我成了比佛还要富有的
无产者

空中楼阁

怕冷的人遇到阳光
这本是幸福无比的事情
可有人站在冷土上
将手伸进诗的袖筒，取暖

风，出来巡逻
树叶莫名其妙地落满一地
冬，墓碑一样立在坟前
离地万丈的云，仍在巩固自己
空中楼阁的地位

口吃的人

我口吃
说话，时断、时续
含糊不清
主要的问题是，我会误事

口，是我的
但没人知道
舌头，这个关键器官
被移植过多次

特别是最后一次
操刀的不是一个医生
而再次植入的舌头
又是一条被饥饿的长舌妇们
反复啃过的
猪尾巴

无可挽回的遗憾

我是个
看不出残疾的残疾儿
父母想再生个孩子
因为政策的原因
这个心愿一直无法实现

现在政策改了
可政策挽回不了遗憾
母亲欲哭无泪
她已绝经

圆 梦

正午的疯人院
醍醐灌顶的阳光
仿佛在为院子里那棵高大的松树
浇灌黄金

一个疯子
绕着那棵高大的松树
不停地跑
阳光被他搅拌得
溢出了正午

院长问：你在干什么
疯子说：我在圆自己的梦

充 饥

村子在森林里出没
树枝在岔路口产生歧义

一头野猪告诉我
四月的那片沼泽里藏有黄金
可这不是我要的东西，我想寻找的
是一颗昨夜掉在地上的
星星

那颗星星失踪了
我只得通过一条泥鳅
来想象和推测早已不复存在的巨龙

真理说：我可以充饥
谎言说：我也可以

我在笔里故去

我
以语言为生的人
把词汇当作稻米或者子弹
我要统治语言
同时使用恩惠和暴力

我渴望死亡
把语言带进坟墓
让噩耗成为一种风景

死亡已现动机
我将从真理那里获得一笔遗产
然后回到被人瞻仰的故居

隆冬已至，寒风刺骨
好吧，按你们的想法
在上帝生日那天，替我举行葬礼

我在笔里故去
让文字变成一场
为我纷纷扬扬而下的大雪

彻夜难眠

曾经见过的休眠火山，和
从未涉足的南极冰川
彻夜难眠

今天被大地珍藏
明天将被太阳席卷而去的雪
彻夜难眠

在地下囚禁了一千年的
陶俑，和明天将被执行死刑的人
彻夜难眠

警钟
悬在上帝的头上
上帝会不会彻夜难眠？

鹰

巍巍群山之中
一只鹰飞向天空，它越飞越高，越飞越小

空中，云
与它结成兄弟。阳光受到感化，把这种情义
洒在整个雪域高原

鹰起飞的地方
居住着对大地一往情深的雪莲花
我是这一切的客人和诗

在佛语印证风向的地方
主人招待我，一杯青稞酒，否定现实中的乾坤
我醉倒在草地上，风是得力的助手

鹰，是一座飞舞的大山
巍巍群山，则像一群蹲在地上的雏鸟

渡

犹豫无数次之后

一群非洲角马决定渡河，闯过生死之关

鳄鱼潜伏在水中，像定时炸弹

角马在生死之水中泅渡

鳄鱼正在向它们靠近，寻找杀机

一只弱小的角马游在最后

游在鳄鱼的嘴边，真让人揪心

仿佛那只弱小的角马

是我自己

阴　影

从别人丢弃的梦中
我突然醒来，睁开立地成佛的双眼
黎明把成吨的阳光
卸在一张宣纸上

大自然越来越有别于
山水画了，倒像一个唯命是从的人
违背了祖先的遗愿

阳光的背后
无数的灵魂正在形成一座大山
我在一条阴影的巷道里
开采黄金

地铁正式运行

明天
地铁正式开始运行

从明天开始
这座城市的一部分人
可以离开有失公允的
地平线

新的通道在地下
在阳光自以为是的观点无法抵达的地方
它正在动摇一种观念的根基

明天
很多人将坐在未曾使用过的词组上
在城市的大脑里
穿行，感受秘密前行的快乐

新的选择
不仅是起点和终点
而是从想要一探究竟的切入口，到
事件露出真相的地方

潜入地下
列车不会受阻
时速也会更快
地狱，第一次有了
可以使人产生寄予希望的联想

这是一条新的血管
它正在改变整座城市的神经系统
乘客中，有像寓意一样
向下走得更深的人

明天
从地铁口出来的
可能是曾经的冤魂，可能是未来的野鬼
也可能是永远只知道吃饭穿衣的
普通人

谁来投资我

我想找到投资我的人
投资我的贫穷，我的诗歌

膨胀的财富，像彩虹
重新勾勒欲望的天际线
历史和现实的街区，商铺林立
广告像旗帜一样招展
公司不仅开到了穿过云层的飞机上
而且开到了死后还想发财的墓地里
金钱像雨水
落在不堪重负的大地上

在职业选项栏
那些有利可图却如同陷阱的空格里
无数人把自己的尸体填了进去
活着出来的人，即使
浑身布满谬论所致的伤痕
也不愿做全职的真理捍卫者

现在，每当我
想与人谈论跌价的人格
对方开口所谈的

往往是各类商品暴涨的价格
金钱已经成了这个世界上
最优秀的老师

我在贫瘠的土地和语言上
栽种诗歌和自由，今年是个不错的年份
谁来投资我

夕　阳

夕阳西下
无数的意向和晚霞收翅而来
小鸟在丛林深处
用回家的语言
讲述整整一天在外的生活

群山中的夕阳
既显露倦意，又意欲未尽
余晖像问候群山的回声
在岩石的历史中
隐隐滚过，并留下自己的
脚印和指纹

幽深的峡谷
和还未升起的月亮
开始安排夜色
梦在夜间的跨度，很长
时间很紧
万物来不及考虑明天的事情

与一块石头交朋友

一块石头
站在秋天远去的地方
等待懂得沉默的人
成为永不背叛它的朋友

石头没有眼睛
也没有耳朵
但它看到和听到的
比所有哲人用笔汇集到书里的东西
还要多

与人交往
最初宾客如云
最终众叛亲离

人
是心肠最硬的动物
而石头
软化了所有岁月的心

越过阳光和季节划定的国界
我走向一块石头

在小鸟留下歌声，和
大雁带走彩云的地方
向它递交国书

能与石头交朋友
这是神所牵线的缘分

一　生

无数人不愿远行
因为他们无法带走落地生根的心愿

我的口袋里
揣着找不到出路的世界
我的出路，也被自己
堵死

我在很多人早已放弃的岁月里
活着，四周的目光
都是我需要突破的防线
我用往事的反弹力
拍打从谎言与骗局之间伸出来的
脑袋

阳光总是主题，但
我与我的影子早已发生分歧

一生怎样过
这是问题，也是命题，更是难题

大自然是别扭的

连我观察它的目光也形成了曲线
站在频频发生事故的地方
我乞求幸免

日子一旦摆上餐桌
就像一根突然卡住喉咙的鱼刺

不是鱼使水有了活力
而是水给鱼以生命
我们总是把应该感谢我们的人
误当救星

黄昏里还有黄昏
黎明里还有黎明

我之所以仍然年轻
和充满活力，是为了朝另一个自己的终点
跑得更快

地铁还在运行

子夜，整座城市都在酣睡
只有地铁还在运行

孩子的梦与老人的梦，或深或浅
月亮很圆，星星因此黯然失色

万物缄默，整座城市
就像一幅有待星光重新绘制的地图

一个诗人从地铁口出来
他带来了一直隐藏在诗意之中的消息

欠 收

谷场空空
来访的阳光显得有些多余

乐观的溪水
安慰趴在地上一言不发的村庄
炊烟迟迟没有升起

除了来年的种子
我只剩下一颗空爱你们的心

昨天歇脚写下的诗句

昨天歇脚写下的诗句
沾满朴素的泥土，还有高贵的白云

一条大河拦住我的去路
船和桥都已解体，水在鱼的眼里一望无际
继续前进是肯定的，目的地也不会改变
唯一希望的是，来一次地震

一条曾经为我唱歌的河
突然用浪花演奏哀乐，被哀悼的人正好是我
死里逃生的风，一点也不忧伤
一轮弯月在太阳辞职的地方，继承光明

昨天歇脚写下的诗句
今天已经翻过了大雁无法飞越的山冈

无所事事的上午

阳台上
躺椅像个摇篮，他躺在上面
把自己和一杯茶
变成春日的一部分

阳光站在那里
就像与他有着很深的交情
谁也不说话
他喝了一口茶
阳光也在湖面喝了一口

花盆上
一只蝴蝶扇动翅膀
对应的，是一架从郊外机场刚刚起飞的飞机

他突然觉得，躺椅
像个手术台，阳光像一把锉子
在锉他的棱角
舒适是可怕的，这样的上午
让他联想到
可能会一事无成的人生

这是上午，一切都在向上
一切都还来得及的上午；如果是下午
他可以陪西去的太阳
共进晚餐，甚至可以喝一点
与自己告别的酒

蝴蝶
见异思迁，飞到仙人掌上
它被刺了一下，条件反射性地飞走了
带着人所看不到的伤痕

此刻，他才意识到
他是个诗人
他的职业应该是愤怒（也可以抒情）
灵魂应该开始打工
而不是躺在躺椅上，让
无所事事的上午
变成与自己尺寸相等的死亡

最后一班地铁

子夜的城市，像有组织地瘫痪
带着逃避和埋葬它的心愿，我走下地铁车站

零点，还有最后一班地铁
站台上空无一人，我像等待自己的专列

广播突然通知：最后一班地铁
停运。随即断电，灯火在希望中熄灭

我见证了这空空荡荡的历史
但谁能见证我，还有这囚禁我的地狱与黑暗

反 光

头上有了起义的白发
脚下却是刚刚返青的秧苗

太阳在预言的水面西沉
刺眼的不是死亡，而是措手不及的新生

回声的脚步，走遍
死者来不及留下任何足迹的地方

光与反光，就像
不需要文字也能阅读的哲学

没有必要做什么智者和诗人
做个天真的孩子，会对人类有更大的贡献

诗　你

诗你
这是我为你创造的一个词

绝望像茂盛的花草
无所不在，我的忧伤更是生机勃勃
春天是老道的
谁也看不出它与鲜花
密谋什么的痕迹

你从一本被禁的书里走来
脚下是不停地翻动页码的风
这一刻，我看到了另一个自己
还有另一个自己中的
所有的人

你来不及理的头发
超过了岁月的长度
而你至死不变的
信念，更是超过了蓝天的高度
我由此想到纪念碑
还有比纪念碑下更加可感和深刻的
骨头

通过目光
我们传递无法言说的信息
就像在黑暗和逆境中
相互用真理取暖

春天
是最为糟糕的季节
开花，等于枪毙自己

这个世界
已经出现了一大堆背生向死的问题
而你正是一根
谁都在找的火柴
你不仅能点亮我
而且还能烧毁这个世界

诗你
我要追随你，为你的灵魂打工

间 奏

1

冤鬼的坟墓
让我再一次看到了人间的不平

2

我不继承你天下共知的财富
但必须继承你无法示人的痛苦

3

如果继续成熟
那就等于中了死亡的诡计

4

只有在玩具店里
才能买到可以改变这个世界的积木和枪

5

在哑巴也能充当辩手的社会
沉默才是真正的声音

6

有时
沉默也是一种壮举

7

冬天不是季节
是大自然所特有的政治

8

坐在湖边想你
湖，便没有了岸

9

诗人从迷茫中获得的东西
可能比从真理中获得的东西还要多

10

恰恰是孤独

证明我与喧嚣的世界过从甚密

11

我把赤热的心掏出来
尸位素餐者却说：赶快凉拌！

12

面对这个世界
我们无法量体裁衣

一杯水的下午

闲散，无聊
一杯水的下午
时间过得比原有的节奏要慢

这个下午
诗人和诗都不重要
而重要的，对于诗人和诗来说
也不重要

躺椅躺在阳台上
我躺在躺椅上
书躺在我身上
阳光躺在书上
而那杯水，躺在阳光上……

这很有逻辑和层次感
实际上，这是
一座已经在我心中坍塌的
理想的宝塔

把时光用来消磨
比用来写一首好诗和创造奇迹
更需要才华

苟且偷生

我活在这个被人称为幸福的
世上，可没有人参观过我
琳琅满目的痛苦
是的，我自闭
用作茧自缚的方式
封锁自己不久于人世的消息

事实上
我和黎明一起活着
落日是下午的事情
完全可以由一首诗来完成新生
未来，并不是一场
已经融化的大雪

奇迹会出现的
但这必须要有与死亡接轨的耐心

可
一只像我一样
置身沙漠的羊，说
我活不下去！一天也活不下去
我所需要的草地与河流

分布在一本非常精美的
环保画册里

我把遗言里的祝福
留给今天消逝的彩虹，和
明天会重新响起的钟声

死亡的形式千姿百态
可我最后选择的自杀方式
却是继续活着。我用继续活着的方式
处死自己！

祈 祷

主啊！
你看，我已经有些苍老
只有心愿仍然那么年轻，就像夜色
和小草共同酿造的露珠。主啊！
我来了，可星光和梦的仆人还在路上
需要穿过《圣经》的那段路
坑坑洼洼，很不好走
马车的鞋带断了，马
也在满是墓碑的山坡上停了下来

一片乌云领着几只乌鸦
叫喊起来，忧伤的情绪一直波及
深埋在地下渴望重见天日的煤
迟迟得以露面的太阳
难免带有个人的视角和观点
它说：墓碑和里程碑的影子全是斜的
但镌刻在它们胸前的名字和数字
堂堂正正，准确无误

死者的灵魂，繁星点点
使我们在黑夜深处仍然保持生的信念
主啊！万物有灵，而有灵的万物

梦归何处？诗人和诗歌一起
闭上眼睛，圣词也将
在管风琴的旋律中低下头来

肃静不仅是一种仪式
而且可以洞察若隐若现的前生和来世
尽管白发已经通过黑夜
悄悄爬上我的双鬓，死亡也准备
对我进行热情款待
可万古长青的诗句，与
永垂不朽的爱情会结成统一同盟
把我的生命延续下去
主啊！
万物可以不是万物
但人必须永远是人

无，是一种境界
需要追求；而人们追求的
永远不会是无。只有神
连无也不追求。主啊！在你面前
我可能富甲天下，也可能一无所有
这就是所谓的命运——
命在自己身上，运在别人手里

祷告已经开始了吗？
对于早起的人来说，一切都不会太晚
教堂里有一只蝙蝠
比神父想要表达的意愿飞得更高

玻璃是透明的，可除了阳光
谁也难以穿越。教堂对面
有一家医院，躺在手术台上的病人
生死未卜

谷子早已成熟
可日子和生活仍然过得有些生硬
这难免让人感到遗憾
可更加遗憾的是——
山还在那里痴情地站着
水却移情别恋，悄悄离去

钟声响了
就像阳光宣布将要开始一天的劳作
主啊！
星光和梦的仆人已经赶来
全都到齐了：我，还有
与我有着裙带关系的整个世界
让我们一起虔诚祈祷
保佑所有的生命，还有所有的国家
吉祥！平安！

诗里的宫殿

我只能在诗里
为你建造一座宫殿。因为现实
全是梦的碎片
和覆水难收的结局
在坍塌的标题下
和词汇的瓦砾中，未来
像一个从废墟中爬出来的
遍体鳞伤的人

事实上，诗里的宫殿
也是一座危房

我想起故乡
那些用锄头开垦出来的
一亩三分地中的所有世界
那些押韵的瓦房
童话一样拱起的小桥
还有从篱笆和词条上结出的瓜果

海市蜃楼
让并不存在的美景
成为世上死无对证的谎言，和让我们

继续活下去的理由

腰缠万贯的开发商
将开盘变成开炮
把房价和人们的血压升了起来
望楼兴叹
这就是广厦千万间的全部含义

茅屋再现了
不是在杜甫的诗里，而是在现实之中
历史再一次提醒
必须注视那些
被定格在秋风里的老百姓

世外的桃源永远在世外
心里的痛苦永远在心里

河水向大权在握的春天行贿
只有突兀的礁石懂得自律

现实千疮百孔
我只得重新回到诗里
格律似乎并未瘫痪
可遗憾的是
诗里的宫殿
即便不是危房
也是终将要被拆除的违章建筑

拆迁的冬天

住房将要拆迁
我在等待投诉有望回复的来信

说是等信
实际上是在等那个
把自己的一生交给了这个街区的邮差
我喜欢看他骑着自行车
由远及近的绿色身影
喜欢听他，摇响春光的
清脆铃声

可这是冬天
骤降的大雪，覆盖了铃声留下的
脚印和身影，还有
我想为他扫出一条路来的心愿

雪花总是赋有诗意
可这个冬天，它破坏了我
和整个大地的心情

街名、门牌号码
小鸟随意歇脚的电线

两口子经常吵架的杂货铺
可以发泄对社会不满的小酒馆
还有那座曾经由意大利人担任神父的教堂
都将不复存在

雪，越下越大
就像大地和我一夜之间突然变老的
满头银发

那个邮差
是不是在雪所划定的界线中退休
那封信呢
难道也让这场大雪，决定了它
无法抵达的命运

不能再等了
我冒着大雪去邮局查询
没想到，邮局已经被拆
孤零零的邮筒，站在那里
像个无家可归的人

我不知道，当时交给它的那封信
是不是还揣在它的怀里

茶　道

你用一杯碧螺春
泡热了我整整一个下午

不少困惑
就像很多观念的选手
从各自所处的方位，不约而同地朝我跑来

窗外的一切
不会遵循足不出户者内心的法则
河流想去哪里就去哪里
高山想升多高就升多高

天欲黑不黑
雾霾使所有的意识变得昏昏沉沉
我不知该说什么，也不知该做什么
观点和日子，都很难摆布

茶叶在杯子里待了半天
就像我在这个世界上闯荡了十年

雾　霾

必须承认

蓝天出现了谁也无法否定的雾霾

举头望去，眼前的一切

比未来还要缥缈

昨夜，人们眼里的繁星

成了今天泪水演化的露珠

空气像股市

被老练的操盘手买空卖空

贩卖词汇的人

通过下水道，获益匪浅

污染

严重污染

现在，我看到的是

捂着鼻子的人民，还有

戴着口罩的城市

这一刻

我和我以外的一切

统统成了万古长青的谜

谁能翻开，并读懂

这既无版权又无作者的天书
有人怀疑我的人生
我却怀疑整个世界

天空
不仅压着无数想要起飞的
航班，还压着我
正好羽翼丰满的思想

真理被戴上面具
谁能帮我辨别谎言
汽车与超速行驶的诗歌相互追尾
事故从祝福中走来
顷刻之间，欢歌变成哀乐

要想驱散天空和心中的雾霾
诗人，必须给每一个汉字分发武器
使它们团结起来
形成一支精神军队
方能收复如同敌人占领的蓝天

北京没有海

曾经
租赁风和日丽的假日
还有一条用神话漆过的小船
双桨破天，荡漾在
颐和园昆明湖碧波万顷的湖面

那时候
我把涟漪理解成风浪
把湖当作海，那时候，我很小
就连父亲，也是一个离成熟
如同不知归期的人

这就是北京，没有海的北京

后来
我从历史书中出发
再一次来到颐和园的昆明湖
站在石舫那条永远不会沉没的船上

我举目投向万寿山——
把湖当作海的帝王和朝代
注定短命！就像无数旗帜和豪言

从海上升起，而身躯和尊严
却在现实中残酷地倒下

这就是北京，没有海的北京

现在
看到站在海洋中的钓鱼岛
看到一湾海峡割开血脉
我忧心如焚

曾经的列强
仍然伸出长长的钓竿
要钓走海中那片
属于蓑笠翁的神圣领土
我从来没像现在这样热爱祖先留下的
辽阔无疆的祖国

泪水被诗含在眼里——
北京呀，我们不能没有海

罪过与才华

小鸟消费池塘中的天空
有意无意间，曲解了雄鹰需要的自由
空气中，仍有看不见的栅栏

上了列车，你才意识到
铺路的人必须要有一副铁石心肠
窗外的雨，像冤魂的泪
昨天发生的不幸
统统变成了地窖的老酒和时间的存货

风的列车，在乡间停下
卷走粮食扬长而去
农夫的泪水，像种子掉进土里
明年春天，照样发芽

如果漠不关心人的自由和民的疾苦
那么你所呈现的
只是罪过，而不是才华

幼儿园的午后

午后的幼儿园里
一个大班的孩子聚精会神地搭着积木
搭好，推倒重来
再搭好，又推倒重来……

在静谧的幼儿园里
那倒塌的声音
像要摧毁整个成人的
现实世界

阿姨突然进来，揪起他的
耳朵，让他在教室外的走廊上罚站——
他不仅违犯了午睡的纪律
而且吵醒了其他的孩子

开启自己

酝酿过的文字
就像经年累月的航船想要登陆
没有比一个无法猜透的谜更加辽阔的大海
低下头，我便是岸

保险柜端坐在我对面
而密码，是一根掉入大海的针
能否开启自己——
我像一瓶老酒，甘愿死于自己的香醇

忍冬花

晨曦爬过那道高墙
忍冬花便看清了整个黎明的全貌

站在日月私订终身的地方
我看到你的童年与晚年相继从桥上经过
时光的界面为你打开，河水让忏悔之人洗心革面
风景越老，看风景的人越显得年轻

河与桥，原本就不是配偶
你怎么也不会想到，正是因为曾经的放弃
才有了现在可以重新把握的机会

一个人的秋天
无论饱满还是消瘦，都没有值得咀嚼的意义
着急的是风，不着急的也是风
你还是从前的你，从不羡慕什么日新月异

不要说"冰很耐寒"之类的废话
忍冬花需要一针见血的答案

陌生的地方

五月的道路
通往亡灵的故乡

我从来没像现在这样
对身边的一切，和体内的自己
感到如此陌生

很多树站在那里
像曾经背叛过我的人
花对我的孤独，更是幸灾乐祸

鸟在我的陌生感里，和
它所熟悉的环境中飞来飞去

一片云在空中飘着——
哪里才是故乡

雪　野

雪摆在那里，一望无际
土地失去王位，失去心爱的女儿
地上的脚印，把故事
引向更冷的方向，拥有滑雪板
是更加糟粕的事情，你要有心理准备
春天是一封永远无法到达的信

冬天摆在那里
雪，享受着赶走一切的快感
它埋着我来不及带走的
粮食，还有鸟在树上所讲的故事
犁，还在地里
它的腰，被雪压得更弯了
但上升的雪线，造成平等的假象

犁，还有我
把不能翻身的土地翻过来
雪又把翻过身的土地，重新翻回去
想起曾经用鞭子抽打过的牛
我的心不由一阵战栗

土地被蒙在鼓里

阳光在鼓声的回响中登基
目光所及，没有任何不同的颜色和语言
经曾有过的障碍
变得一马平川

在雪的法则中
我守望着拖儿带女的村庄
守望着封冻的古井
守望着血管一样凝固的小路
守望着另一个自己

雪摆在那里
童话变得残酷
你所说的光明是指什么
不化的雪摆在那里
用完全相反的形式呈现黑暗

如歌的行板

我看到那条

像锯一样锯开冻土的伏尔加河

河水把春天送到蝴蝶的

手上，河流解冻了

可岸边的石头，与

岸边的人的心愿，仍然打着解不开的死结

伏尔加河静静流淌

船上装着死去的冬天，也装着

不死的童话。春天来了，花朵用芬芳

继续结冰，并凝固鸟的叫声

痛苦是透明的

而看不见的恰恰是痛苦

云层总是那么低

穿透云层的阳光有如腐烂的黄金

土地吸干了庄稼人的脂肪

变得肥沃。清晨，一个搀扶黎明的

饮马青年，转眼变成了一个

被夕阳甩在天边的老头

老马用三套车

拖走故乡，拖走故乡的恋人
拖走晚上许下的、已在地上生根的诺言
爱情把一个晚上，重新变成
两个毫不相干的白天

西伯利亚的黑夜
无边无际，让人难以规划和开垦
云在湖泊里的天空飘拂
白桦林疯狂地生长，但更加疯狂的
是丛林中无声无息的死亡

春天转眼即逝
冰雪重新覆盖着伏尔加河
凝固在河上的，不仅是
船，还有帆一样无法升起的消息

风和日丽

这是一个可以遥望秋天的
春日，风
给我送来不需要任何付出的酬劳

阳光在地上印刷钞票

文字的树叶
向我点头，所有的事物
存在于我的授意之中

白云在空中值勤

站在人生
难以见到敌人的位置
我高度警惕
时刻准备面对来自幸福的威胁

三重奏

他说
千疮百孔的帆
才知道大海的遗物藏在哪里
他倒下，恰恰证明在此之前他一直顽强地挺立

你不孤独
早已学会与自己的影子和千山万水称兄道弟
你站在那里
像一个伟大的赌注

我还没醒
梦的身躯也没能逃到户外
但，火灾是完美的
没有意外，我这只落汤鸡似的凤凰怎能涅槃？

雷雨交加的晚上

雷雨交加的晚上
船队无法抵达海岸

更加古老的船队已经葬身大海。锚，构成葬礼，构成出窍的帆的灵魂，构成可以找到注脚的历史。往事都已下沉，浮在水面的，是最后一个脑袋和最后一盏航标灯，但它们也将下沉。最终，只有锚能浮出水面。

窗前的台灯也在经历风险，但我的笔停了下来。我在想，这个晚上，会有多少电线短路，会有多少孩子扔掉玩具扑向母亲的怀抱，会有多少人仍在无法回家的路上？我甚至想，如果我是一条船，会怎样同大海中的风浪搏斗？

雷雨交加的晚上
上帝替我写作

虚无的一生

整个冬天
像果子挂在树上

童年的一只鸟，在失去母亲的天空中飞行了整整一个秋天。雪，寓言一样飘落下来，但又覆盖了寓言。雪，铁板一块，像用仇恨浇铸，但又泯灭了仇恨。

春天来得比失望还快，花为失去母亲而开，柳条对寻找故乡的小河施以鞭刑。农夫们插下的秧苗，枯死在没有水的故事里。

夜对我说：你是热爱失眠的人。它哪里知道，我所痛恨的恰恰是趴在失眠身上的黑暗。犁，让土地醒来；耙，又让土地再一次睡去。道路，一步一个脚印地锁定每一个人。

我已过完
像风虚无的一生

为活人举行葬礼

为活人举行葬礼

让太阳的焚尸炉，升至一千度的高温

把你扔进去，把我扔进去，把整个世界也扔进去

不管什么，一笔勾销

为活人举行葬礼

把监狱和公园同时空出来

让石头、小草、大树和风，让已经绝种的恐龙

和每一秒钟都可能被踩死的蚂蚁

重新拥有这个世界。让它们

指着活人的尸体说：这就是我们的敌人

为活人举行葬礼

让我从并不需要的肃穆中获得快乐

并与这个需要婚房才能相爱的世界解除合同

暗杀为富不仁的大款

放走舍生取义的小偷

谁也不欠谁的命，谁也不欠谁的钱

为活人举行葬礼

让鞭炮到空中去栽种带响的庄稼

这活人的世界，需要一种从头再来的宁静

思想是可笑的，成熟的思想更加可笑
但幼稚是可怕的，永不成熟的幼稚更加可怕

为活人举行葬礼
让醒来的早晨和无法入睡的黑夜
作为他们的墓地，让万寿无疆的诗歌和死不瞑目的我
说：不管什么，一笔勾销

赶　路

星星是起得最早的一群人
黑暗的路，已经被它们走到了尽头

轮到睡眼惺忪的人了
他们背着装有指南针的行李
穿上夜鹰制作的运动鞋，像一条船
行走于人生的江湖

迎面走来的人
是需要躲避的险情
伸过来的手，就像前世里的末日
未来可能是末日中的幸存者
但祝福并不是那么回事

春天用阳光炫富，而
欠债的人，总是找不到一缕免费的阳光
讨债的人也在赶路
他要在黄昏到来之前
收回落日用晚霞支付的利息

人比发生的事情还要多
而发生的事情总是把赶路的人堵在路上

时代是可笑的，特别是
说时代在前进的人，更加可笑

斑马线算不算道路
交通规则是不是一本红绿灯合著的书
乘车赶路，可能适得其反
车祸就像体内的炸弹

风与赶路的人并肩而行
原地不动的树，坚守被人遗弃的故乡
需要到达的地方
总在昨晚的梦里
路，磨平了赶路人的鞋
体制和风，毫发无损

急于赶路的人
总有无法料到的意外
比喻把装有指南针的行李，丢在最初出发的地方

浓雾码头

浓雾锁江
我，沉在深深的江底

这个早晨
就像未醒的银子仍然在做的梦
浪，轻轻地拍打着
回声里才有的岸

我孤独地站着
像一张被码头捏在手里的船票
时间依然
但轮船已经晚点

往　事

天快黑了
一缕不愿离去的夕阳
死死粘在斑驳的墙根上
那里，有夕阳
偷偷隐藏的黄金

整整一天已经过去
桌上的晚餐，统统都是往事
往事里的碗，空空荡荡
像寺庙一万年以前
飘走的香火

酒杯把我竖在桌上
像一个早已酿造的悲剧
喝掉它，等于
饮弹自尽，或者在自己身上
制造一起车祸

谁能说
这一天有别于我的一生
我不需要什么前程
往事已经替我
抵达了人生的终点

子夜醒来

子夜时分醒来
我在无形的牢中静坐

窗外的风
默默偷换从前与未来的概念

夜很深，像树根的一生
不打算面世

光明离我很远
死亡比黎明离我更近

没有脑袋的人

每一棵树，每一片树叶
都在思考风的用意
万物点头的时候
我看到一群没有脑袋的人

风把他们的脑袋
搬到适合修建坟墓的地方
而坟墓，被更早的风
搬到了神圣的
宪法里

悬　崖

悬崖是为落日准备的
这风光带着危险甚至是残忍

晚霞像民脂民膏
被落日搜刮到天的一角

黄昏挂在树上
像一个郁郁寡欢的祭日

我站在悬崖上
像一片父母早已仙逝的白云

子夜的演奏

打开琴盖

就像揭开子夜的坟墓

泪水砸下去

赛过惊醒未来的和弦

我的生命

已经走到八十八个音的尽头

我用词的手指

在黑白分明的琴键上

留下无人能懂的遗言

大地无言

大地无言
但庄稼胜过辞典
谁也无法对大地隐瞒什么
井，替你开口，也替你沉默

庄稼用人来绝食
用白云和彩虹来寻找
杳无踪迹的父母
水使所有的事情开始，又使
所有的事情结束

再长的道路
也只是大地捏在手里的一条短命

生命
是雨水的慢慢渗透
也是风的一日千里

月光留得住无眠的夜
并不等于也能留得住有梦的你
大地替所有人保管着
随到随取的死亡

但　是

很多手拿报纸的人
在说什么，阳光沾在报纸上
成为内容的一部分，甚至是通栏标题

我站在阳光的
对面，与那些人形成一个夹角
同时也形成一个扇面

我喜欢读白纸
喜欢沉默，喜欢
用烟头将报纸烧一个洞

手拿报纸的人
用阳光把我叫过去
他们问我：这是不是，那是不是
还是不是，都是不是，你说是不是

我只能说：是
但我不能不说：但是……

整体性失败

我们有一只蚂蚁和一颗星星合葬的童年
我们有死者复活之后祝寿的晚宴

我们是一颗射出之后
反弹回来误伤自己的子弹
我们用夭折的婴儿
缔造万寿无疆的祖先

我们对夕阳说：早晨好！
我们对朝阳说：晚安！

我们让炊烟飘走庄稼和
誓言，我们让庙里的菩萨制造事端
中伤那些五体投地的香客

我们用野史埋葬故乡
让蜜蜂取走甜蜜的日子
用自尽的井，安慰故乡唯一幸存的亲人
我们掐断脐带一样的
藤，让果实成为傻瓜一样的后代

我们在通话中引爆手机

把灾难存入银行，让每天的遭遇和不顺
变成利息，我们坐在坟墓的马上
挥舞树枝的鞭子，把整个秋天
像成群的牛羊，赶往万众欢呼的屠宰场

我们用果实消灭自己
消灭围坐在粮食四周的子子孙孙
让稻草人充当我们的父亲
我们让诗歌掠夺土地的才华，让灵感
成为随处可见的陷阱

我们坐在阳光的井底饮酒
在霓虹灯的芬芳中呼吸体制排放的尾气
我们从丰收中获得一无所有
又从一无所有中失去最后的尊严

我们应该感恩，因为
我们拥有如此之多夺走幸福和自由的敌人

阿 门

离教堂不远的地方
有一片自尽的云，但钟声和鸽子
相互救助，感动了天空

教堂的尖顶
插入神秘的天国

宽恕一切的广场
迎接准备用忏悔度过余生的人

信徒们把日子当作站驿
一步一步走入神父手中的福音书

管风琴
用彩虹的声带划出一道人生难免有误的曲线

有人背着十字架
有人在胸前画着十字

——阿门！

新阳关三叠

第一叠

车，一直向西，撞在车窗上的
不仅有阳光、沙粒，还有我的柔情
天上的云，像羊群的过去和未来
唯独没有现在

种在目光里的草越来越少
沙丘向我示威，禁止背包客一样的我入境
哦，西北——
一瓶矿泉水成了我的通行证

乘客是人的沙丘
分布在我四周，他们的表情
就像风沙的一部分，我想与他们交谈
但矿泉水的瓶盖无法打开

我像一只沙漠中的孤羊

沙丘像阳光的遗址

使我想到没有水分的理论

我出现错觉，车已停下
沙漠驶来，我像一颗从枪膛退出的
子弹，阳光和风的履带
碾过我的双眼

沙漠，被车窗分割和排列成
依次死亡的风景，落日是第一个被斩首的
人，孤烟升起，魂归西天

天色向晚，车把黑暗和我
拉到目的地，眼前的一瞬
犹如往事千年，西北
我人生毫无准备的站驿，我把我交给你

月亮，比夜光杯更加易碎
我的梦里怎能没有故乡的亲人

第二叠

残夜使人生更不完整
故乡呵，在这千里之外的西北
我踽踽一人，刮走月光的风——
活埋我的神

我把自己寄存在一家
小酒馆，用一杯酒使我之外的人

统统沉醉，唯我独醒
在这西北，在这酒杯中的沙漠里
我用双手捧起故乡

西北的楼宇，歪歪斜斜
但酒打下的地基，永远不会倒塌
突然，我摔倒在地
坍塌的我，莫名其妙地联想到
所有的制度

西北的夜统治着我
统治着我这个背包里只有书的异乡人
我醉了，那书上的文字
那故乡翻开的扉页
那情人一样躺在里面的书签
使我再一次沉醉

月亮，比夜光杯更加易碎
谁的梦里没有故乡的亲人

第三叠

敦煌
昨夜梦中的渭城
今晨醒来的绿洲

我像一棵从江南移栽过来的柳树
我的诗，更像一片驾鹤而来的森林

干燥，有如独特的气候
我的背影，就像犯罪前科和人生污点

莫高窟，风沙缔造的城
带着投胎的心态，我走进那些洞穴
佛在子宫里，像真理的胎儿

壁画怕光，美
带着秘密和乌托邦的色彩
可怜的女人，像雏鸟在蛋壳里
飞天，就像我的一生
与它们同享黑暗

数百个窟，让我投胎
让我出生，又将我无情埋葬

像夭折的婴儿
我从千佛洞里流产而出

一切都在死亡，一切都已死亡
那些飞天的女人死了，我那葬在故乡的
母亲，更是已经死去万年之久

月亮，比夜光杯更加易碎
我的梦里哪还有什么故乡的亲人

逆流的河

不是回忆
而是一条船，从十二月的大海
一直驶向灵魂的发源地

船上的帆
只是一种象征
风的用心和所要抵达的目的地
与帆的使命正好相反

所以，你会看到
纤夫肩上的船，号子里的云
还有深埋在水中
决定方向的舵

天真的航标灯
像童谣，为黑夜歌功颂德
老谋深算的暗礁
总在策划船长避之不及的事故
等待颠覆一切的时机

反思的鸥，和
原本随波逐流的岁月

逆流而上。交锋的浪花
溅进了史册

风在催债

风在催收我所欠下的债务
我一人充当整个世界的债主

庄稼已经收割
我赤裸着衣不遮体的语言
风吹过的那片区域，谁也没有打下粮食
和诗歌

我用枯萎的人生
辜负土地的墒情和种子的寓意
风，说来就来，带着比去年那场雪还厚的账本

这就是债台高筑的秋天
河水抽走我的血，白云飘走我的魂
站在失去一切的土地上
我成了稻草人

风在搜身
我和我的灵魂一无所有

语言让我流落他乡

贫穷的我，站在富得流油的晚霞中
等待银行把黄昏的门打开

贪污过我的青春，并
将其挥霍一空的人，至今逍遥法外
痛苦像终生的行李
使我成了永远无家可归的背包客

语言让我流落他乡
成为大地这本书里的一个动词
我在江河与大山之间游说
呼吁真理迁都

野草像正常的逻辑，在我双脚
否定它们的地方，肆无忌惮地生长
黎明，醒来又死去
夕阳，死去又醒来

在我流落他乡的语言中
狮子变得温顺，又变得更加凶猛
我那思想的盲音，变成了茂密的丛林

事实上，语言正在
毒害掌握和使用它的人，嘴和笔
加深了它的毒素

书架，如同刑具
那里的每一本书，都是一个朝不保夕的
脑袋

乱作一团的黄昏

一条没人注意的标语
突然横穿马路，来不及制动的卡车
将它撞倒在地上

落日也在回家的路上
我卡在比门槛还要高的斑马线里
整个黄昏乱作一团
就像本已消融的积雪，重新覆盖原野

更乱的不是头发和秩序
而是我们的立场——
白发与黑发，就像分别栽在河东与河西的杨柳

红绿灯在公路的头顶行驶
蝗虫一样的车辆，无论前行还是停止
都是死亡的速度和节奏
尾气就像遗物

这座城市
到处都在夕阳里施工
而夕阳，正是一座最大的烂尾楼

我用远离的心态
亲近这座没有未来的城市
亲近比我自己的新生还要充满活力的死亡
望着那些暮色一样散去的人们
我与自己的影子十指相扣

傍晚的迷茫比早晨的浓雾
更加让人不知所往，我要借助教训的航标灯
找到茫茫人海中的故乡

在这座城市失望的至高点上
有人用望远镜在观察混迹于人海的星星
并辨别它们的属性

黑暗收翅而来
人群从地平线上消逝
但没人知道，地铁是否还在继续运行

路灯与路灯开始对弈
我像一个事关全局，但又可有可无的棋子——
王，和他的最后一个侍从

寓言逼近
我抓住生命中的某个片断
就像手持自杀的匕首，无知地体会着大权在握的感觉

残　局

夜的旁边
高楼在湖中安睡，波光
模糊人的影子
还有概念

午夜
火车沿着命运的轨道行驶
光的部队
冲进夜色的首府

我沿途返回
抛弃已经到手的终点
所有离去的人，都在迎接我
泪水成了他们欢迎我的
道具

人和装订针
穿透日子和记录一切的纸

天空的星星
霸占着我没有故乡的童年
和用于回忆的时空

我和一个决裂的人，携手并肩
共同走向彼此的反面

正是在迷路的时候
我不仅找到了路，而且找到了自己
失业的双脚

我在云里行窃
天空让我得手，也让我失手
飞机和小鸟折断了翅膀
赃物继续航行

日子掉在地上
像一只不慎摔碎的碗
很多事情成了千姿百态的碎片
唯一完整的
是残局

中 部

盲　肠

一切都在爆炸
惊天动地的鞭炮不时在平静的日子里响起——
到底是送走逝者，还是娶回新人

这是一个可笑的时代
那趟晚点的列车，只不过是一节
需要从我体内割掉的盲肠

神秘面纱

我早早起床，想成为黎明
最具活力的那一部分，可小鸟却用
叫声，匆匆将我埋葬

我活在自己的死亡里
命中仅有的快乐，也像税款一样
被强行抽走

我在遗言中长大
像一个被抛弃的孤儿
碗，我的继父

枯叶落在秋天的脸上
一层一层，寓意不断加深

风，一直为我测量
生与死的距离，我像草一样活着
枯荣由不得我

我的衣着有些单薄
寒意越来越深

月光把控制不住的情绪
宣泄到整个夜晚身上，无辜的我
再一次受到伤害

一列火车正在穿过
地势险峻的隧道，开凿隧道的人
也被葬在它的腹中

明天，又将有人
会在凶手一样的星光中死去
但太阳照样升起

我不是从来没有看清过某一个人
而是从来没有看清过
不知被什么涂改得面目全非的自己

一根道路的绳子

无法安睡的晚上，我给一个
自己并不知道已经逝世的人拨打手机

空中，大雁用自己的语言
相互传递目的地还很遥远的消息

南海与北国之间，地震的传闻
在一根绳子上打着无法解开的死结

巷道里，瓦斯发生爆炸
用于发电的煤，还没运出地面

救护车堵在江底隧道
江水依然流淌，万事万物一泻千里

我的手上牵着一根道路的绳子
牵着命悬一线的日月

飞机在下降

飞机在下降
蓝天慢慢离我远去
舱口飘过享受特别待遇的白云

飞机在下降
村庄像掉在地上的饭粒
河流像肌肤萎缩之后的血管

飞机在下降
气流在看不见的阴谋中策反
耳膜痛得听不清广播里的消息

飞机着陆
出人意料地冲出跑道——
我和飞机上的人会不会一命难保

指挥家

拿着指挥棒

穿过早已等候在台上的整个乐队

还有等候得更久的所有观众

他微微一笑

台下响起朝圣般的掌声

他走上指挥台

闭了一下酝酿情绪的眼睛

整个音乐厅噤若寒蝉

等候他发号施令

指挥棒轻轻一挑

小提琴的指板上便流出清澈的山泉

指挥棒再轻轻一挑

大提琴又描绘出湖泊和兼顾风景的湿地

他微微弓腰

黑管便机警地出没于山林

腰身一直

小号长驱直入

奔向万邦来贺的广场

他左手食指一点
管乐齐鸣，给他送来江河、大山
天庭的供品，地下的黄金
他的左手捏成拳头
定音鼓隆隆响起
敲碎无数人的梦想

他用休止符
休克整个乐队
还有想要继续前行的灵魂
然后用放纵的双手
随心所欲地开闸，释放
他认为无罪的犯人
最后，他像结束所有人的生命那样
结束整场演出

指挥家，艺术上的
独裁者

拉　萨

拉萨
把你头上的鹰给我
把你雪山上的未来给我
把你已经死去和还没出生的少女和灵芝
给我

拉萨
我把诗人的皇冠献给你
我把热血和纯洁献给你
我把昨晚在故乡还没有做完的梦
献给你

让活佛
把我和你的灵魂
在布达拉宫的唐卡里
组成一幅风景特别的画
让我们忘却氧气的足缺和海拔的落差
在哈达的见证下
平等相爱

春　天

满山遍野的鲜花
并不像你在诗中所说的那么美丽
从我的角度看去，土地像是被谁抄了家
乱七八糟，一片狼藉

春天也有自己的立场
谁能解释，它到底属于哪个阶级
有人感慨，阳光如此温暖
我却无法表述，冬天仍在心底的寒意

街头魔术

从一无所有的手上
他变出一块表，二朵花，三个乒乓球
还有抛向天空像雪片飞舞的
五十四张扑克牌

雕虫小技
我和晚上才会亮起的霓虹灯
都觉得好笑

突然，他变出一把手枪
我仔细看过，那是一把真正的手枪

这让我惊讶不已
不是佩服他的法术
而是佩服他的胆量

我问他：你还能变什么
他说：什么都能变，唯一不能变的
就是这个世界和它的现状

多亏还有那把手枪
证明魔术里还有值得寄予的希望

没想到他告诉我，那是一把高仿真手枪
我对魔术彻底失望

阳光与树

早晨，阳光把树推到山坡上
石头站在旁边，佐证需要佐证的结果

小鸟从树的怀里飞出
没说去向，消逝在阳光多出的那一部分里

中午，阳光把树搬到山顶
风撞击岩石，白云掠过动荡的江山

黄昏，阳光把树挪到山下
晚霞像巨人脱下的艳服，又像巨人穿上的睡衣

小鸟没有归林，石头佐证的结果
意义重大，又毫无意义

你将离去

你将离去
这个夜晚将会死在谁的手上
你将离去
原来的我是否还在

我像一支误伤过自己的枪

你曾经说："我带着月光
来这里落户,我不会离去。"

你还说："如果有一天
我真的离去,爱情的国王将会垮台!"
这都是往事,现在是三月
桃花刚刚登基

你将离去
星星像大地回赠天空的泪珠
夜莺让死去的夜晚复活
还有一阵诗里的蛙鸣

我从不用糖形容
日子的甜蜜,因为蜂箱里

蜜蜂之间的争斗，比政治都要残酷

桃花开得很艳
就像爱神酒后起草的红头文件
没人相信春天
就像我不相信你的诺言

你将离去
桃花或早或晚也将离去
上帝无法守住春天
我又怎能守得住你

当然
我可以通过回忆
重新走向从前的你
可这毫无意义，你像子弹
我不想再做那支误伤自己的枪

天堂地陷

竹节的刻度上，闪电已经晚点
成熟是秋天重走的一条老路，果实早已成为
悬念。鸟，带走树的遗愿
观念的影子，正好填补岁月的空白
大雾弥漫的早晨印证了你的困惑
落日早晚要来，可死，是无法逾越的正午
风中的四月兵荒马乱，障碍无法清除
厄运和不幸，加快了确认不仁者的速度
风暴会把旁观者卷进来。帆的手术刀正在解剖大海
我总是比预感来得要晚，天堂地陷
很多人在结局中总也找不到自己的位置
机会和命运无法对号入座，但雷，对应着沉默
你错过的不仅是我，还有除我之外的一切

奴　隶

节日的山寨

狗在族长的门前耀武扬威

阳光把我吊在树上

所有的日子站在四周，幸灾乐祸地围观

放弃头顶的星星，水中的月亮

还有人的尊严——

我是天生的奴隶，鞭子

闪电一样在我身上充满制度的活力

冰　山

冰山隐藏在海面之下
巨鲸　鲨鱼　海的奴隶
都想拥有王位

风平浪静　浪花
与海鸥在海面开着玩笑

末日就在玩笑之中
谁敢说自己是一艘不沉的巨轮
越是伟大　越有风险

院子里的雪人

院子里的雪人
是我肝胆相照的朋友
雪人坚信我们的友谊不惧严寒
我没说　它反而害怕温暖

我与雪人站在一起
像不同时代的两个人拜祭同一个祖先
我们之间　应该有个见证人
可她是个还未诞生的第三者

局

一个局里
巧遇人生的误会
我在前门迎接准备离去的人
又在后门送走刚来的客

巫师在我的人生中
断章取义，用比胡子还长的卦
擅自缩短我在四月
原定的行程

我去摘一朵花
果实反而取走了我的手
影子让我执行光的
任务，这是一个
上帝正在小便的下午

酒，给不想改变世界的人
洗脑，孤独的灯
在深夜安睡，我深知
一旦清醒，所有的胜利
都会成为败局

有人下棋，想从
输掉的现实中扳回一局
实际上，棋在摆布他
时日不多的余生

幸福的花环
正好是有人加害于我的圈套
深深的夜，加固了我
囚禁自己的监牢

我站着，与睡累的世界
交换位置，坟墓正好标明
我所处的方位

天生的局限，我
不可能得到完美的人生

一觉醒来

一觉醒来
全人类都睁开了
我那双惺忪的眼睛

没想到，世界突然变成
替我睡去的样子

尽管站在生的一边
这地势有利于我，但
死，正在发起更加强大的攻势
在醒来的现实之中，我
失去了梦的阵地

我的一部分预言
正在得以印证；而没有印证的那一部分
将会成了所有人熟知的
寓言

早晨被我打翻在地
鸟声溅起带血的曙光

人的世界

拖着一条狗的尾巴
早晨出门，需要打开一扇
黄昏的大门

我被绑架到四季之外

水流经我的人生，我
慢慢成为一条异峰突起的船
我需要找到失传已久的
江湖，还有秘方

我将先于死亡
点活一个国度的穴位
然后隐姓埋名，做一个与牛羊为伴的
山野村夫

秘　密

大雪早于寓言
落在纸上，但寓言必将晚于大雪
融化于纸上的历史

我坐在阳光下取暖
替冬天保守秘密，蜷缩在阴影里
秘密反而暴露无遗

黎明早于黄昏
来到这个世界，但黄昏晚于黎明
离开所有人的视野

临行前的夕阳
与整个大地交头接耳
血一样的晚霞，泄露了所有的秘密

逃　亡

从闪电中，我看到了
老天惊恐万状的脸。一个被雷劈死的人
对我说：快跑！
你的速度必须快过闪电

于是，我一直在
黑暗与闪电的鞭子中生活
我拼命地跑！可那个被雷劈死的人
跑得比我更快

终于累倒了
我像个越狱的死刑逃犯，不再在乎
累赘一样的生命；只乞求一个
不被人追捕的夜晚

四重奏

春天
一声惊雷说
我要唤醒大地

夏天
一场暴雨说
我要清洗大地

秋天
一阵狂风说
我要警告大地

冬天
一场大雪说
我要消灭大地

随想曲

我所涉足的地方
堆满月光，还有永远无法服满刑期的峡谷

我们共同的敌人和爱
正在到来，泪水中，我再也无法找到陆地和岸
七月，需要绕开的暗礁

死亡变得和蔼可亲
并富有魅力，我在想
如何将死亡变成一种至高无上的特权

让天真的人
去书的丛林中寻找并不存在的真理和恐龙
在敌人中挑选一个朋友
或者在朋友中创造一个敌人

跨越时代的人
不是思想成熟，而是行动成功

熟睡时
梦中的我，比每一个早晨都要清醒
天黑，我沿着晚霞的弧线回家

并用落日的寓意
反思自己

死亡的捷报里
灾难就像分给我的福利，痛苦就像授予我的终身奖
泪水成了无法抵挡的洪灾

风中的树枝替我思考——
如何让一种假设成为范例，如何让一只公鸡
带来母鸡可以下蛋的黎明

阅读者
观察着报纸上文字的行情
报纸也在反观阅读者的表情

不知谁说："广场在手掌里。"
哨声响起："所有的人，全部在一天的附加值里集合！"

股票逆势上涨

在所有人冲刺的时候
我停下来，让时钟配合马拉松倒计时的需要
在历史的高温下，我冷却自己
寒冷中，冰，继续前进

在所有人的爱里
我开设工厂，让恨成为停产的车间
让那些被剥夺了语言和睡眠的人，用沉默发光

站在九月的岔路口
我不是等一个人，而是等一个时代

怕冷的人

昨夜的星星，和
明天的太阳，像宠爱有加的父母
让我成为一个温暖无比
无所事事的人

我整天在故事的余温里
到处游荡。有时
在书中三月的路旁
采一枝花，拔几根草。偶尔
与自己的影子，谈一谈
秋后怎样过冬，还有
雪花能不能
拼成童话的未来

可这是假象，统统都是
就像春天和幸福
明显带有虚构的痕迹
生育是有指标的
安全和温暖也不例外

我是受过伤的人
特别怕冷，六月也让我感到

会有寒气袭来
不是我特别敏感
而是所有人的感应能力
已经相当迟钝

我是由两个人
送到这个世上来的——
一个已经死去
另一个还没有出生

出国的云

一片白云在空中飘着
就像蓝天之子继承了一份
已经交过税的遗产

白云是自由的
它的灵魂，和被它物化的
现象：夏天的雨，冬天的冰
春秋两季午后
坐在草地上望着它的人

我爱上了这片白云
我甚至想，我要把对它的这种爱
变成自己的职业

一个诗人朝它挥手
另一个诗人必然要将它带走

那片白云，像愿意
嫁给我的女人，随飞机一起飞行
我有些激动，这个时候
天蓝得就像一个辽阔无边的传说

飞机着陆，
那片白云早已飘进异国有彩云迎接的天空
而我还要拖着沉重的行李
办理烦琐的入境手续

在真理的故乡

在真理的故乡
我领着一群羊出来寻找未来

那是日光如柱的正午
可一片乌云飘过
天像没有良心的人
突然黑了下来

我以为
那只是阴影
光明会在羊群的恐惧中
失得复得。可乌云带来一场大雨
那场大雨
一直下到现在

在真理的故乡
我和羊群碰到了谬论的狼

胜利的果实

一个诗人与另一个诗人
虚拟一场与真实相比更为残酷的战争
夕阳不是撤退，而是卧底

战争就在诗里
夜色已经成为一个无视光明的阶级
悄悄逼近梦中的圣地

我和我的影子，重叠为一种共识——
胜利的果实不是被谁剥夺
而是自己拱手让出

这是不是有点可笑

明天是美好的
这是我们忍受今天的理由

饥饿形成包围圈，我们
画一个像坦克一样可以突围的面包

这是不是有点好笑？
一意孤行的石头，会在春天变成花朵？

我是戈多
我等待戈多

暗藏的风景

插队的黄昏
走到黎明的前面
不是为了购买一张车票
而是为了购置一趟运送整个五月的专列

天，阴沉着
空中挤满了手持特别通行证的乌云

蝴蝶从花的宝座上
退到一则寓言的屋檐下
风，召集树叶开会
雨很快会来，奉命配合
从档案馆里开来的洒水车
洗去留在地上的血迹

街上，人很多
公共汽车、出租车、自行车，和
没有腿的手表，都在赶路
但他们忘了辨别方向

彩旗在风中飘拂
神情随性和顺其自然

空空的广场上
几个老人在做带有秘诀的长寿操
迟缓的动作，正好合着
保健医生在病历上所说的节拍

鹰，用宪法的翅膀
飞到云在蓝天也难企及的高度
放风筝的人，在广场上
用一根随时都会断掉的线
牵引漂浮不定的未来

满街的人
早出晚归，行色匆匆
用劳作换取的报酬勾画人生
还有小富即安的笑脸。他们哪里知道
真理的捍卫者，在为他们争取
已从工资中默默扣除的自由

到底发生了什么

黎明一片狼藉

紧贴大地的小草，以露珠的姿态静坐

正午，相互交谈的风与旗帜

话语颤抖，白云从航班的间歇中飘过

光线以暗示的角度渐渐倾斜

子夜，路灯破译黑暗的密码

反过来，黑暗又掐灭眼睛一样的路灯

这一天，到底发生了什么

这奇怪的一天，它有二十五个小时

"四月是最残忍的月份"

花，该开的都开了，但它们拒绝代表春天

夏天像一支部队，与春天换防

云在空中绝食，脸色苍白

我行我素的阳光，放射着赤字的光芒

彩虹不仅虚构历史，虚构现实

还虚构未来

这一月，到底发生了什么

这奇怪的一月，它有三十二天

牛羊和稻谷，用自己的喉管
把屠刀和镰刀磨得飞快
枯叶和雪花一起飘落，秋天与冬天一并殉葬
年，不是节日，而是关口
不是我们找它要钱，而是它找我们算账
我早就说过：该生的孩子已经生了
该死的老鬼还没有死去

这一年，到底发生了什么
这奇怪的一年，它有三百六十六天

鼎，不仅不是哑巴
相反，它已经说空了一切
旅游旺季，导游又在发表重要讲话
江山并不是一幅老百姓随意看到的图画
而是一枚皇帝藏在袖子里的私章
道路上走的，不是今天的行人
而是昨天的冤魂，还有明天的烈士

这历史，到底发生了什么
这奇怪的历史，说有五千年，实际上只有一天

特殊的感念

希望断了
钢琴奏出想要探底的琶音

夜的沟
通向矛盾的集散地
月光也有产量，可一直都是负增长

落叶群殴孤秋，你在孤独之中
完成了所有沉默者的遗愿

抽烟思考的人，反将自己焚毁
你再一次燃烧自己
阳光倾盆而下

从特殊的窗口
才能看到整个天空解体的过程
子夜的闪电
像一种琢磨不透的概念

你用泪水感念祖国
还有如同杂草丛生的百姓

有人问你：为什么绝食，但不拒绝喝水

你说：那是因为我还想流泪⋯⋯

密　码

人与人无法沟通，人与万物更甚
怀才不遇、有了心结的石头说了什么
蚯蚓在泥土里，为什么总在议论墒情的问题
我掌握着可以翻译成任何语言的密码
但没有人能够找到我

水，煮熟庄稼
煮熟庄稼人生硬的笑脸
石头解释蚯蚓的柔情和雨的初恋
但石头与蚯蚓，使用的不是同一种语言
这也是它们无法沟通的原因
我消逝于无形

落叶是树的泪水，水是万物的田
我是泪水，我是泪水里的田
我秘密消逝，就像秘密消逝的密码
谁也无法将我破译

小河边

我站在小河边
独自保守被河水一泻千里的秘密
水面的我不动
而一条鱼用挣脱了网的力量
正在游向另一张网

我的一生会完成我
不用考虑别人如何看待自己残缺的人生
是的，我想自尽——
小河也许知道我活着的意义
但绝不知道我死去的目的

某个冬天的雪夜

大雪，落满了我无法入睡的
整个夜晚，我用倒在床上的命运，爬起来

走到门外，我把自己交给半明半昧的世界
白雪和黑夜，同时将我沦陷

供 词

通过供词，我出卖别人
也出卖背叛灵魂那一部分的自己
同时，用收条索回放在童年的天真
和押金，我走在位于
图纸上的公园里，允许一棵树
成为我与妻子之间的第三者

我坐在一条口号的船上
离开故乡，离开逻辑的发源地
远方，并不是我要去的地方
原地踏步才能保全自己
你所说的未来，档案里有足够的存货

我在站台上，寻找从前的自己
并把落日交给不需要黎明的人
列车要走亲戚，让它去吧
孤独的人，永远孤独

我想在飞机起飞的状态中
坐下来，与上帝谈一谈，如何保持理性
我们需要慢，甚至需要回转身去
寻找真理的遗物

我要让河流，绕过特权
直接流进禾苗的口里
同时，为来不及救活的庄稼
开一个追悼会，用季节环绕而成的花圈
寄托我的哀思

空出上帝的宝座，并非
虚位以待，而是为了摆放证据
让控诉的人回到泪水的故乡
与推论一起逆流而上

在传说与黑暗中，我的生活
充满阳光，在生与死的十字路口
我向算命先生讨要自己的一生
我被里程碑判处死刑
又从里程碑里获得假释

我阅读报纸，让时间变成垃圾
填满自己的一生，让目光看到的一切
变成五光十色的广告，让妓女
在赤身裸体的男人面前
充当新闻发言人

站在五月深处，我仰望苍穹
安慰伤势过重的乌云
医院在谬论的对面，那条繁华的街上
有很多睁着眼睛的沉睡者
有很多制定宪法的手艺人

我不在场

一个人压死了一辆汽车
——我不在场

一棵白菜埋葬了一个农夫
——我不在场

一只蚂蚁战胜了一头大象
——我不在场

我在场——
可这里是与世隔绝的地方

回忆图书馆后面的冬天

那是图书馆后面的
冬天，完成使命的落叶像尸体
堆在一起，并开始腐烂
我站在钟声落地生根的地方
不时抬头，瞭望并不存在的天空
等待第一场雪
来接管有如荒野的校园

校园空空荡荡，就像
一个活人提前捐出了自己的内脏
又像一个死者，已将这里
划定为不想被人打扰的墓地

光秃秃的树枝显得特别肃穆
仿佛一种与死亡环环相扣的仪式

雪，欲下不下
带着谁也无法猜透的顾虑
仿佛需要从五月调来一片彩云
缓解紧张的情绪

几只不怕冷的鸟

在树枝上叫着，仿佛在读没有天的
天书，我与这个冬天
产生一种隔膜：既像无法进入一间
教室；又像进了一间教室
却没有讲台和老师

我搓着手
看能不能把这个冬天的寓意
碾成粉末。一对情侣
站在空旷的足球场上，他们的分离
比拥抱还要用力，他们的吻
更像在画结束一切的句号

这个世界好像发生了
相反的变化；或者说，我对事物的
判断，出现了有悖逻辑的偏差
我已经记不清了，那是哪一年的冬天
该下的雪，始终没下

那场雪
下到了我今天的头上——
过去的日子用尽了无数个世纪
而我的未来，仿佛只剩下最后一天

冬天快到了

冬天快到了
风从霜降的方位，朝立冬刮来
站在秋天隐身而去的地方
我看到一个老汉，挑着一担炭
朝已故的小镇走去

老汉的背影
和我的真情实感
都显得有点空洞。乌鸦叫着
吞噬阳光的余温
枫叶如血，像要继承阳光的遗志

河水的流速
明显减慢；只有寒冷的感觉
急骤加快。河边的野草
和船歌里的鲜花
都已枯萎

我朝老汉来的地方
走去，那里一定还有炭

风　景

你一个人站着
在孤独的风景中，独木成林
没人知道，你想了什么
也没人知道，你还要想什么

不远的地方有座桥
过了桥的云，在树的头上歇脚
桥下有条快到码头的船
但船头的浪，比它抢先靠岸

秋天，丰满而又消瘦
难免让人患得患失
就像做了一晚的旧梦
早晨出门，迎面走来一个新人

天下共婵娟

故乡的夜
溶解在月光里。语言已然失效
我用手指与月光交流

月光如银，这让我想到
有如上苍拾金不昧的金秋
收获过后总是宁静的，而这种宁静
又让我感到歉收

故人、故乡、故事
这些充满温暖的词汇，经月光一漂
多少变得有些忧伤——
靠过去越近，离未来就会越远

我要为月光
创建一个万邦来贺的节日
并在这个贴满喜字的日子里
在鲜花和泪水的首府
将我的女儿出嫁

我要用诗的花轿
把女儿送到月宫里去

我要开启那坛
委托岁月酿造的老酒——
那坛深埋在地下的女儿红
我要与月光对饮
一醉方休

月光如银
大地有如酒后初醒
远处的湖面，有条小船
渔火闪烁，就像诗人
失而复得的灵感

我要对月光鲜为人知的贡献
进行奖赏，因为它
黑夜才无法将自己的阴谋
进行到底

小镇上的铁匠铺

小镇的腰上
挂着一个可有可无的铁匠铺

师傅的手艺眼看就要失传
一是收不到徒弟，二是交不起税赋

腊月的一天
突然撞进一个赊账要买砍刀的青年

师傅问：你家要杀年猪？
青年说：猪当税收走了！我要找所长算账

师傅说：有种！刀我送给你
青年一拜：如果回来，我做你的徒弟

青年随淬火的热气冒出铺子
天空在砍刀的寒光中下起了大雪

那个铁匠铺
更像小镇腰上必不可少的胆

空 山

山很空
空得就像鸟所需要的未来
僧人一言不发
让你懂得万语不用表述的境界

深秋的落叶
比童话和诺言还要金黄
溪水在山涧
自言自语，走走停停
一朵白云
被深潭收藏
并制成可以变成山歌的标本

山好空
空得像僧人想要得到的实惠
寺门开着
信徒所许的愿
却留在心里，像秘笈一样紧锁

松子掉下来
打着秋的后脑勺
含羞草捂紧头

说：好痛！

狂吠的狗
追赶猎人下套失守的猎物
一声枪响
震怒了冥思苦想的大钟

在传说盖过庙宇的空山上
我和一块石头
坐卧不宁

妹　妹

妹妹
死在短命的故乡的妹妹
死在万寿无疆的故乡的妹妹

你为什么
要像母亲一样自杀
你到底受了什么活着无法解释
只有一死才能解脱的委屈?

妹妹
可爱的妹妹
五岁就会扫地的妹妹
六岁就给我洗衣的妹妹
七岁就给一家人做饭的妹妹
八岁就记得父亲生日的妹妹
九岁就变得十全十美的妹妹哟……

值得庆幸的是
姐姐自杀未遂
我也自杀未遂
我们仍然活在这个该死的世上

上帝呀
为什么我们一家总是面对死亡
为什么死亡
成为我们一家开门见山的主题

也许
面对死亡就是面对生活
死亡哟
你是活人用泪水来唱的歌
你是活人用哭声搭建的房

妹妹哟
嘴甜的妹妹
你死了，再也没人亲昵地喊我"哥哥"了

妹妹
日子一晃
你已经去世整整二十年
我又到了面对自然死亡的时候

妹妹
可怜的妹妹
你死也无法得到安息
当年埋你的郊野
现在已经规划成了新城的中心广场

妹妹
死在短命的故乡的妹妹

死在万寿无疆的故乡的妹妹

我要把你和你的坟

迁到我的诗里

迁到我的心上

井

井即水

你不存在
水难现影

你在哪里
哪里就有人家和村子
就有用桶装满歌声的女人

地下埋着很多秘密
水，是你最初和最终想要的东西
得到它的时候
你就成了所有人的籍贯

很多古老的故事
很多比白云飘得还远的传说
都是你的渊源
洗衣的姑娘，喝酒的老头，撒尿的孩子……
井呀，你是埋葬活人的地方

酒　歌

诗人呀
快从灵感中回来
一生的事怎么也做不完
万世的诗怎么也写不尽
人生苦短
阅历需要翻过万重高山
日历只需翻过一张薄纸

诗人呀，快回来吧
交了神所布置的差事
干了李白留下的这杯酒

干了李白留下的酒
你就可以
当一个诗人中的诗人
做一个百姓中的百姓
葬礼会成为婚典
皇后会变成嫁入茅屋的新娘

不要以为
会有超过奢望的幸福
人生的快乐

最多只是减少几滴泪水

泪水从眼眶里溢出
难免悲伤
但从酒杯中溢出
则豪情万丈

天下事，了犹未了
一杯酒，十个太平洋

人生一瞬
黎明还没做好早餐
黄昏就开始料理后事

诗人呀，喝吧
酒里有你喜欢的女人
有你用诗歌永远也打不下来的江山
酒像千手观音
会帮你去摘
你在诗中总也摘不到的星星和月亮

酒呀，诗人的奶
酒呀，诗歌的娘

喝吧，诗人
让村庄坐到你的对面
陪你喝一杯
让醒着的你坐到你的对面

陪你喝一杯

你是今晚最好的酒
也是今晚最美的诗

黄昏是你回家的路

你用晨曦的双脚走到天边
黄昏是你回家的路

小河把故乡劈成两半
时间总以一日为限

石桥的背上，飘过不懂重负的白云
游子呵，倚着门框的老母总是泪满双眼

彩虹让你忘掉故乡
可走到一半，天上就有回归的大雁

就算你用晨曦的双脚走到天边
黄昏仍然是你回家的路

孤独的山庄

孤独的山庄
坐落在白云泼过墨的地方

小路被落叶掩埋
秋天来得比预想的要快
远远望去，童话一样拱起的小桥
像老妇驼了千年的背
弯了万年的腰

往事从斑驳的墙上脱落
贴春联的日子，还远远没有到来
乌鸦，最爱这种
可以一显身手的季节
恨不得用刀一样的叫声
砍死从寺庙里烧香回来的人

狗在吠
吠得最狠的时候
不是看见了生人
而是山间刮来了看不见的妖风

故　乡

故乡
你还是那么贫穷
早晨，小路两边野草上的露珠
仍像泪水打湿我的裤管
中午，竹竿上和簸箕里
仍然晒着破絮和以备过冬的萝卜干
黄昏里升起的，仍然是
清淡如愁的炊烟

故乡
我并不是那种
靠怀旧来赢得灵感的诗人
如果可能
我宁愿将自己的才华全部留下
让你在诗的激情中
改变模样

故乡呀
你虽小得像一颗星星的童年
但在我的梦里，你却是一个超级大国

深　山

走进深山
走进一座不属于人的城市

树
把大自然审批过的生态制度
像高楼一样
错落有致地建立起来

鸟儿欢快的叫声
像金钱洒满一地
任岁月去拣

你的静
让我拒绝轰轰烈烈的
黄金

深山哟，你的
静，是一切名声的源

不需要小溪引路
我也能找到在都市里走失的
自己

那些露出地面的
树根，告诉我，怎样才能
在地狱与人间
找到生存的出路

而现在
我这个以语言为生的人
却想死

在这里
只有死，才有资格谈
安静的含义

这个时候
我最怕见到的是人
哪怕是那个在都市里走失的
自己

我多么希望拥有一座村庄

我多么希望拥有一座村庄，拥有一座才华在那里显得一钱不值的村庄。我设想，村头有一棵历尽沧桑的银杏，有一口比传说还要幽深的老井，有一台古时舂米的石臼，有一位沽酒而归的老汉，更远一点的地方，有一条串起无数村落的小河……

我住在村后的山坡上。头上是一座藏有灵芝的大山；大山的头上是一片随风而颂的松树；松树的头上是一片不需要故乡的白云；白云的头上是一片胸怀未来的蓝天；蓝天的头上是我曾经有过、现在看来有些可笑的幻想……

走出春风替我打开的大门，站在可以看到满畈的人正在插秧的山坡上，我想着白居易的诗句：今我何功德，曾不事农桑。我的脚下，有一条忠于我的老狗。它不时舔舔我的手，还有它自己的嘴角。老狗的脚下，是比老狗不知要老多少倍的土地。在这古老的土地上，我观赏真正的春天；更重要的是，我可以想象丰收在望的秋景……

这个时候，我赶走灵感，放弃写作的冲动，享受大自然所书写的一切，这是我最为幸福的事情。更加幸福的事情是，在这座才华显得一钱不值的村庄，我颐养天年，寿终正寝。

神农架停电的晚上

黑呀，这原始的森林
这原始的静，这外界所不知道的死
这没有任何消息的鬼

没有天空，没有大地
没有森林，也没有我以外的一切
白天看到的风景
就像一场有待此刻证实的死亡

乌鸦莫名其妙地叫着
黑暗就像接到指令，进一步加深
我努力回忆白天的阳光
可无济于事，回忆也漆黑一团

这原始的黑
眼睛完全失去了意义

雨中黄昏

光线昏暗，山色有无
村后的公路上，发生了一起生死未卜的事故

狗在吠，远山的乌鸦也在叫
老天的心情更加糟糕

雨下了一整天，刚歇口气
寺庙的钟声，又把它们从天上赶了下来

上面是雨，烟雾悬在半空
下面的我，总算度过了需要保佑的一天

春秋小赋

满山遍野的青草
怎么也立不住一个春日
几根告老还乡的枯枝
轻而易举地打败了整个秋天

荒芜的天空

老牛累了，我也累了
山野的桃花开得也累了
我放老牛去吃草，牛铃叮叮当当
仿佛在说，我的骨头仍然硬朗

我躺在山坡上，用草帽
挡住有些刺眼的春光，牛铃响着
就像大山有了跳动的心脏

一只大胆的小鸟
栖在我盖住脸的草帽上，它叫着
仿佛整个春天都在与我调情
我倏地掀开草帽
小鸟飞入桃花灿烂的山林

山野没有一分闲田
倒是天空显得有些荒芜

野蜂飞舞

野蜂飞舞
嗡嗡的蜂鸣像无数微型炸弹
引爆鲜花

我从书里跑出来
跑到野蜂和鲜花的首都
我手舞足蹈
渴望演出一场春天的闹剧

一只野蜂的箭
刺向制造动乱的我
哎哟——

我的大脑和春天的寓意
同时膨胀——
野蜂是春天的主人
我才是一只真正的野蜂

犁与蚯蚓

犁，领着牛
还有农夫，走出村子
田埂很窄，但你不得不承认
它仍是一条路

花，把春天开得无边无际
可种子总是难以发芽
为此，犁和蚯蚓
一生都在造土地的反

梅雨季节

雨
连绵不断
灰烬的往事
又在地上生烟

雨
遍洒大地
整个世界在花
不想积攒的零钱

侏儒之乡

比着灵魂的高度
我想选择一座
门框刚好适合于我的宫殿

可那些宫殿的门框
比屁股底下的椅子还矮
我去推门，就像去解自己的鞋带

语言种在庄稼地里
而庄稼，又和语言对酒当歌
庄稼和语言都比人高
只有理想的门
仍像椅子那么矮

崛起的高山
用给土地加冕的形式表明自己的用意
侏儒们熟视无睹
仍然把屁股
看成是可以一分为二的
富有哲理的蓝天

等　待

我像等待灵感一样
等待你的到来。我虚掩着
四月的门，让窗外的阳光
铺成地毯，让啼叫的鸟
变成发布喜讯的使者

这是个让人感到
难以有所作为的春天
尽管犁铧已经唤醒土地
可幻想仍被闲置

今天连着明天
未来却遥遥无期
昨夜入梦的那缕晚霞
不知会不会来到
今晚的梦里

我已经对一切
都不抱有希望
所有的蓓蕾
都被我移栽到了诗的墓地
只有等待你的到来

才是唯一值得期许的事情

花开了
门始终没开
灵感来了
你始终没来

我在等你

我在等你
星星在黑暗中创造奇迹

灯把白天发生的事情
聚集到自己身上

世界的怀里，揣满难题
灯，解犹未解

为了等你，我用未来才能兑现的支票
预购了今晚

世　界

谎言和雾霾

正在对生活进行调剂和配给

痛苦在幸福的指数中扩大它的比例

我的泪水

如同时代的琶音

我已经成为被世界

抛弃的一部分，而这一部分恰恰需要

通过教堂的钟声

重新唤醒

寓言将我生擒

在世界需要静止的地方

我忙碌着——

把一秒钟拆开，把一个世纪组装起来

只有我老去

这世界才会变得年轻

我总是用微笑

热情款待行刺我的风

死路充满活力

没有谁像我
如此钟爱属于自己的厄运
就像自己的妻子
与她同眠共枕

空虚本身
正在构成我的意义
我用一枚邮票，寄走自己的灵魂

七月的田里，站着一个稻草人

我用双脚挪动大地
挪动鹰抛给我的镣铐
死，是我要去的地方
我只想在一首诗里，与这个世界
同归于尽

忏 悔

主啊!
我要收回曾经的乞求,收回
金钱与我的窃窃私语
想想看,天下为公的星星
在黑夜起草光明,我还有什么理由
把情书寄给午夜坐班的妓女

主啊!
虽说一天的顺序是
从天明到天黑,可诗
和诗人的使命,正好相反

主啊!
有人还在沉睡
夜为他们准备好了同归于尽的床
万物就像观众,看诗人怎么在诗歌之中
度过自己的一生
荣誉有一定的标准,但它的高度
永远无法超过使命

主啊!
诗歌是能站立起来的

可冒死写它的人，要做好最终倒下的准备

主啊！
我在你面前进行忏悔
就像给自己的灵魂换上了干净的衣裳

肥　料

比喻像随行的影子
乌鸦的叫声像剪刀，在剪老树的枯枝

理论改造山河
于是，大自然越来越不自然

故乡被乌云栽赃
阳光荒芜，水，已没有能力保持平衡

金钱骨瘦如柴
日子在过它自己的难关

不是我蔑视文明
而是只有脏话，才能使土地变得更加肥沃

草原黄昏

男人扔下套马杆
换乘一匹飞快的烈马
冲决无数栅栏
朝天边飘着纱巾的毡房奔去

马尾，夕阳西沉
马头，弯月初升
男人，既要对草原
也要对女人，同样做出自己的贡献

回收站

睫毛的扫帚
无法清除布满目光的尘埃

庄稼在越逼越近的镰刀面前
心烦意乱，山的影子和王位倒伏在地上

灯光已灭
夜在自身的黑暗中崩溃

落日和上帝
度过了看似平淡的礼拜天

风在清扫所有的垃圾
包括过时的法则，还有曾经伟大的人

情 殇

一朵鲜花在绯闻中凋谢
就像曾经在诗中被我爱过的女人

道路在泥泞的双脚中沦陷
再次绽放的花朵，是已经枯萎的初恋

一只鞋子掉在幽会的路上
岸边的男人，望着月亮里的女人和水

河边，一夜无眠的船
用帆公开宣布舵所知道的秘密

幸福只是一瞬
痛苦渗透一生

作曲家与诗人

可供作曲家使用的
只有七个音符，即便按十二平均律
也只有十二个音符。可作曲家的思想
在音乐中表达得那么生动和准确

可供诗人使用的
有几千个汉字，即使是常用字
仍然数以千计。可一些诗人
反而在众多的文字中找不到自己

谬　论

花在花中开花
果在果中结果

一粒芝麻
在魔术师的手上
变成一个伟大的西瓜

泰山精神恍惚
脸色难看
让穿过白大褂的乌云
给它吃颗定心丸
还有止痛片

让一条鱼
把鳞一样臃肿的附属机构
设在群山之中，管理广袤的森林
树叶要经常汇报
青松只能长到什么高度

任命一只老鼠
担任粮食仓库的管理员
老鼠到任之前

先要免去猫的职务

把月亮烤成烧饼
让蚂蚁和放大镜也无法识别的昆虫
暂且充饥
蚂蚁和昆虫
胸怀天下

给一群麻雀
颁发雄鹰用双翅
怎么也够不着的博士文凭
天空不能太高
麻雀知道
哪家屋檐下有早已搭好的巢
可以自主招生

花在花中凋谢
果在果中爆炸

春光的泛音

孤独的我，并不渴望爱情
可周边的花草，比有了爱情的滋润更加葱郁
花把泥土的秘密，带到阳光的显微镜下
风总爱管目所能及的事情，小道消息比闪电还快
果实之所以喜欢秋天，就是不想离绯闻和春天太近

你坐在春天的椅子上，身边的花，和
点缀在天边的朵朵白云，是你无穷无尽的姐妹
你什么也没想，什么也没做
带着一种空灵的美和衣食无忧的典雅
等待季节为你开幕，并宣布你将成为新娘的消息

在无数花朵之中，蜜蜂精心为你挑选婚期
迎亲的日子已经锁定，无须担心梦会被失眠者偷走
让喜鹊叫吧，这是天定于它的义务
好了，气氛已经达到了百鸟朝凤的程度
你是春天里的春天，爱情中的爱情
很多无缘见到你的人，都在想象中一睹你的芳容

你的柔情，把湖里的水
变成从前大树留下的浓荫和未来值得回味的情节
鱼把你的影子，变成传说中的妖精

然后去一首诗的深山老林里，渲染你的风韵
传说的过程，就是加工美的车间
但寺庙的钟声另有用意，它希望恶能绝尘

彩虹短暂的美，无法解释人的一生
你同意这种观点，但也不否认
人在一生中的辉煌时刻，比彩虹显现的时间更短
花，说开就开，就谢就谢
就像黄昏里的生与黎明中的死，首尾相连

你把春光兑换成美的母亲
让人和万物，不敢轻易辜负。我终于明白
为什么一看到漂亮的少女，我的心就怦怦直跳
春天到了，晚上的灯熄得特别早
这是人间最美的景象，尽管什么也看不见

桃花亮着，漫山遍野都是不眠之夜的大地
春光，有如上苍拾金不昧的金币
只有我和我的诗站在春光之外，带着莫名的忧伤
差点忘了，清明也是一个节日
墓碑，把身后的人和他生前的想法
在向阳的山坡上安顿下来。追思逝者的人，低头不语
沉默之中，一阵隆隆的鞭炮声在你的婚礼中响起

花楼街

在花楼街
我邂逅了一位
刚从宾馆出来、非常漂亮的少女
她那勾魂的一笑
让我不知自己身在何处

我请她吃晚餐
还喝了一点黄昏酿制的美酒
走出酒楼，一个民间艺人
正在一棵当时我并未在意的树下
捏着活灵活现的泥人
我打算为那位漂亮的少女
捏一个梦的笑脸
可一摸口袋
钱包不知什么时候丢了……

这是十年前初秋的事情
见证这一幕的
是当时我并未在意的那棵树
还有树对面的那家宾馆

十年来

我一直没再去过花楼街
也几乎忘了，那位漂亮的少女
直到老婆出轨，我才后悔
为什么一直没有想过
讨她当自己的老婆

今年春天
我再次去了花楼街
那里没有什么变化
地上仍然铺着从前的时光

我很想见到
当年那位漂亮的少女
可首先映入眼帘的
是当年那棵我并未在意的树

那是一棵桃树，此刻
桃花开得正艳
树下，仍然有个民间艺人在兜售手艺
但他捏的不再是人
而是各种各样的动物
包括憨态可掬的猪

对面那家宾馆
突然走出一位涂脂抹粉的少妇
她很像当年那位
漂亮的少女

桃花源记

A

我去了一个并不存在的地方。

通往那个地方的路，由文字的石块和书法的枯笔铺成。我走在上面，用上帝和母亲给我的双脚，还有一根被历史丢弃的拐棍。我用三条腿走路，而天空中的太阳万马奔腾。我走着，道路像一根用于自缢的绳子，或者说像一条曾经咬伤过我的毒蛇。恐惧像个不期而遇的人朝我走来，出于礼不能舍的原因，我向恐惧问好。

B

草原吗？

一望无际的、绿色的心。子宫的帐房，让我和一百年之后才会出生的婴儿住在一起。走出子宫的帐房，我把牛羊放牧到星光曾经定居的地方。那些牛羊，那些诗里所说的未来，离我很近。云，为我翻开一本画册，阳光中的我，看到了从故乡而来的王昭君。我用笛子吹出一条河，吹响死神束手无策的水，还有可以把意义一层一层加深的涟漪，我在水的尽头万寿无疆。

江南吗？

那些架在少女双乳上的小桥，让我带着销魂的想法走过。油菜花开得金黄，它们的成色让真正的黄金望尘莫及。为状元所立的牌坊，明清两朝就为我今天的来访定下了调子。贞女的牌坊已经垮了，这倒是件好事，我的情人不喜欢这种文物。让吹鼓手为我鸣锣开道，我是曾经和未来万寿无疆的人。

海滨吗？

海被装在船舱里，船，停泊在我的杯子里。我在女人的沙滩上沐浴与喝茶，与赤道来的海鸥，谈论企鹅可听可不听的事情。天空可以高一点，但不能高过我的寿命；潮水可以退一点，但不能退到提示我让出王位的程度。鲸鱼为什么自杀？如果是以示忠诚，就那统统厚葬，享有至高无上的哀荣。我是万寿无疆的海和万寿无疆的风。

C

我从那个并不存在的地方回来。

那条像自缢绳子的道路，被荒草掩埋；而那条毒蛇，却像真理一样呼啸而出。它问我从哪里来，我拿出陶渊明的请柬。毒蛇站立起来，突然变成我手中那根被历史丢弃的拐棍。我再次感到恐惧，恐惧加深了黄昏的颜色。我不敢再在万寿无疆的路上走着，回到死亡频繁光顾的现实之中。

万年历

告诉我：谁可以活一万年
告诉我：谁只能活一天

糊涂人在日子里赚钱
聪明人在日子里亏本

月亮喜欢公转
地球喜欢自转

今年是哪一天
今天是哪一年

醉　酒

我时常喝酒
不是因为开怀
而是为了消愁
只要一醉
我就骂自己——
你这家伙，太自私
水都被你喝干了
那些鱼靠什么活着

寻人启事

你看到了那个人吗？

他渴望发财，可他
花光了时间的存款，花光了水的积蓄
甚至花光了所有人对他的爱

他用秋天的果实
再一次感知虚无，感知贫穷
他用世人共有的财富
购买一张血本无归的彩票

金钱
已经淹死了无数的人
可无数人的遗言，仍然是金钱太少
在与欲望的团聚中，他失踪了
就像浪花，在大海中
自己打败了自己

你看到了那个人吗？

他精神恍惚
去银行索要自由的本金和利息

公园里的石椅替他休息，和看管
没有母亲的花朵
他想寻找一棵树的影子
可他并不知道
他自己就是那影子的真身

城市
在越来越多的人中
日趋繁华；而繁华带给他的
却是无人诉说的孤寂
在一场梦游般的游戏中，他
藏了起来，人们轻而易举地找到了他
暴露无遗的思想

有人看到
他用一把匕首在树上写着什么
也有人看到
他用一支笔在台灯下剥黑夜的皮
他让这个世界感到费解
这世界在他的心里
更是打着谁也无法解开的死结

那个失踪的人就是我

暮　春

六月将尽，烟花无痕
少女徒有虚名，两个伞兵
将她的乳房抛在空中，整个世界
都看到了她堕落的过程

相见如梦

命运把我们隔开
一个在南半球，一个在北半球
我的白天是你的黑夜
一如我是男的，你是女的
正因为相反，才有了渴望相聚的爱情

我去邮局
就像要把自己寄给你
我已经习惯在梦中和你待在一起
梦中，我和你
永远待在一个包裹里

终于可以相见了
可面对面的那一刻
我们仿佛比任何时候都要
相隔遥远

我不说人所共知的话

一到秋天，大雁就把天空带往南方
温暖在这里只能留下遗址
日子如同没有挡风墙的寒冬
狂风刮来，就像磨刀霍霍的刽子手

一只山羊比我还要伤感
它正在啃一块留有昨晚月光的石头
我用诗为春夏一并料理后事
溪水在山涧哭泣，白云为它擦拭泪水

我不说人所共知的话
而我说的，也不一定人所共知
我站在日子过不下去的地方
思考没有饭吃才会摆到桌上的问题

河流把很多难题像岸那样
一分为二，并带走两岸的不解和疑惑
可我还是一意孤行地想
这才秋天，冬天该怎么过

咖啡夜

咖啡馆的玻璃墙
把一个晚上隔成两个连体婴儿似的
世界

萨克斯管
将一个男人劫持到台上
长长的胡须和长长的头发
绑架他的脑袋
他用尽全身的力气
演奏灰暗的音调
一个乐句暴露了他的一生

窗外
路灯，霓虹灯
还有欲望，都在闪烁
有如光的配器

馆内，女人
在明言和暗语之间穿梭
高跟鞋敲打着地面
那声音就像为孤独之人的情感世界开盘
超短裙在大腿上的高度

决定了今晚的行情
与价码

我坐在位于小数点后面的
角落里，独自杜撰
一个精神分裂的世界
同时，用四舍五入的方式
勉强把自己进位成一个
完整的人

咖啡杯，用一只脚
替我在桌上站着，我用一块
糖，去消灭比咖啡颜色更深的苦痛
我想，也许只有完全坠落
才能拯救这个世界

一个女人走近我
脸上的妆，是她今天晚上的一生
我看不清她用笑脸带来的整个世界
乳房碰响我的咖啡杯
她说：先生，来，干杯！

这咖啡里的夜
就像海，要活活把我溺死

下 部

乱　码

你能读懂这百科全书吗？

——题记

1

河水来春天报到　我沿着你的推理前行

死水里的活火　万里长城中一块砖里的女人

患者救活医生　土地　我比无路可走的历史更加山重水复

花模拟幸福　谁？谁是谁？语言翻过身来　到底是谁？

月光对我大打出手　期末考试　他与自己保持距离

无影灯的咒语　王者婚礼那一天的一九〇〇年

什么也不存在的万物　野人没有野心　一阵情侣的风

你的身上留下了千姿百态的伤痕　那么多的文字喜欢上了我

骆驼的私生子　我对自由的追求还处于一种僵硬状态

荒凉也是一种美景　大雪中的火鸟　我不想与黑夜睡在一头

2

战争在一朵花里盛开　НЯ　生活比理论更加空泛

刀的寒光照亮俎上之肉的下场　神龛中的小丑

深渊之塔　畅游陆地的鱼　潜伏的云突然起飞

那头大象今年八月退休　我把双手插在单月的口袋里

观念尾随而来　切换频道　时间在登它的山

一片白云在沼泽里沐浴　□■□　虚拟之光　我在回归他人

你被不幸再次确认　我想擦掉镜子所看到的一切

脚在谱写大地　酒后的暴雪　千言万语共用一个黑匣子

小镇的端午与都市的清明　我在你的欢乐中旅行

总是有人夭折所以我无法听完一首完整的歌

3

牙齿用成熟的方式脱落　城市的头靠在我的肩上

零点已过　行进之人驻足鼾睡　爱已凋谢

部队在星光里宿营　360伏的电源　铅球在五指中解体

水把我救上岸来　史书死于阅读者的目光

我拥有一个虚拟得已经超过真实一万倍的大千世界

花朵已经迁都　ㄅㄷㄡ　大脑像核桃被人砸开

沙漠正在与绿洲谈判　童年　一座寺庙位于五月的下端

那么多人在一起演独角戏　复制品　熊猫的主食不再是竹子

抓住什么就是什么　我在橄榄树上采摘石榴

▲▲有谁清楚　满脸是泪的故乡悲从何来

4

人人自危　昨天将要到来　大山越位

马用四蹄起诉草原　尾巴的火车头

风暴在做无人敢去参加的游戏　鲜血也是润滑剂

大象用鼻子撒谎　X XI XII　蚂蚁　饥饿感中的风调雨顺

服丧者在白纸上默哀　一意孤行的大雁

谷垛是我上当最多的骗局　　桥从矛盾之河上跨过

火车并未拉走站台上的不幸　　噗噗噗　　春天从你我之间溜走

四月和六月挟持了五月　　WPS　　万紫千红的色盲

阳光不是流动的现金　　江南水乡　　刺猬闪烁着扎人的光芒

你的想法像孤儿无人领养　　乌鸦和喜鹊都是会飞的谚语

5

瀑布跳楼自尽　　十二月是一年的开始

乌云的皇冠　　蝙蝠带走丰收　　我在迷路时碰到了自己

闪电挂冠而去　　︵︵　　月光比从前实惠多了

回声向我走来　　九月像台报废的汽车停在台历上

早餐桌上摆着一只黄昏的碗　　时间的弧线划过人生的长空

钟在哭　　喜讯中的陵墓　　誓言已经结果

鞭炮偷袭夜空　　中秋之夜无月　　饺子里的一百零八将

你散步的公园对我来说需要跋涉　　尾气从后门走了进来

我有理由相信我就是理由本身　　除夕

一条穿过国家的小巷　　他的思想如同私藏的枪支

6

泪水可供洗礼　　&　　那场雨下在它的异国

和弦起哄　　北极熊正在穿过赤道　　花因惊讶而盛开

发令的生殖器　　五号电池　　一湖秋水的祭文

老鹰叼走村庄　　无数传说走下山冈　　诗人用灵感作案

张牙舞爪的浪花　　好不好？我在每一个人的生日中留下遗言

现在开始结束　　广播体操　　崩溃也是一种造型

痛苦者的俱乐部　　溃疡　　鹰像比喻那样不停地扇动双翅

乱码　草原上的一群马并没有乱　我用沉默转世
手牵春天告老还乡　∈∧∈　忧伤来得比流水还要自然
列车提前倒退着进站　那条大街只能直行不能左拐也不能右拐

7

我拥有孤独　■沉默难以成为不动产
船出卖大海　秃鹫　黑暗收买灯光
睾丸在裤裆里庆祝自己的节日　我用谚语上山打猎
精液在子宫里留下遗嘱　笔记本　证词里需要你的血
蜘蛛在构思网络作品　喜马拉雅山　霓虹灯里荒无人烟
野草自发组织协会　乌云被风带走　火焰里还有火焰
酿酒的技术也能酿造灾难　幻想就像自留地
海底隧道　黑木耳　我在一张白纸上与自己生离死别
问号与我调情　没有成功的我成熟了
看管好今天晚上的黎明　手术台上躺着所有人的母亲

8

炮在沉思　十三月　文字相互议价
路找到了所有的鞋　肥皂剧的泡沫围剿我的双手
日子的乳房　在你们的对弈中我是一颗无足轻重的棋子
二元一次方程　那棵柳树替我在河边婀娜多姿
罪犯在卷宗里投宿　消炎药　黄昏简直就是一本黄色小说
满山的花朵都是女儿的嫁妆　庄稼背叛秋天
你们默默流泪的地方就是我的人生之所
那个死去的早晨再也没有醒来　用血重新创造一种文字
按照祖先的指南针我们不可能了解整个西方

我与未来平分秋色　女人用例假为自己的不幸降半旗致哀

9

落日之书正在下架　π≈3.14　那是我灵魂的故居
智库需要盘存　地狱之门　花朵死在芬芳里
定音鼓在点名　香港　塔克拉玛干沙漠　婚礼是一场虚惊
我开始收拾残局　发动机在跳舞
我知道要活下去但不知道怎么才能活下去
脐带穿针引线　下班时间已到　雪山是冬天的坟墓
我一回头就被往事纠缠　嫛嫛嫛嫛嫛嫛　饥荒如同盛宴
活字印刷术　你的深沉是一座矿山　暗示的明月
石头替我发呆　蚊虫们在电杠上跳钢管舞
亲人死得太多我的泪水没有与之相配的流量

10

站着就寝　星星在黑暗中体验生活
风送走多余的残云　污染相当严重　白纸让我成为富翁
漩涡开始下套　药房　一束冒险的光闯过禁区
斑马线是交通局长额头的皱纹　水果也有种族歧视
樟树拜螳螂为师　用爱复仇　大雪是一场无与伦比的事故
东西南北风　不谢的昙花　我是我自己的妃子
我不需要落日的认可　牙刷　一个表情丰富的戏子
岩石带着不再反弹的宁静　文字的蘑菇在纸上生长
她与一棵孤独的树约会　我像反光那样往回跑
大脑的投影正对地球　100‰　休息就是让时间独自去忙

11

洪水横行无忌　李白与杜甫　雪域高原
古老的算盘　你把春天从我的怀里生生抢走
早报里的晚安　蛇是一条有毒的道路　有人吊销我的理想
是你创造了星期八　我活在上帝交给我的任务里
铅球早已有了垂死的重量　谢谢！我总能得到亡灵的保佑
时光一直跟着我走了这么多年　月光多得有些过剩
GDP　这辈子我连一天也没有生活过
语言的水汩汩流淌　杀虫剂　很多人在花径上迷了路
我在一个没有生育能力的女人身上拼命劳作
你的泪水我照单收下　开门大吉　活着就是向死亡挑战和敬礼

12

我从谎言那里回来　京杭大运河还是不是黄金水道？
深思让我闪光　此件发至科（乡镇）级单位
看不到的一切都有我的观点　沉默也是一种创新
垮掉的一代　我在错误的路上不是走得太远而是走得太近
早晨的雾是一个比宇宙还大的骗局　$\geqslant \triangledown \leqslant y$
在你暗无天日的苦难中我居然看到了万里无云的幸福
我坐在语言的大象上　壹贰叁肆伍　望远镜里的近视眼
炮弹落在福音书里　性　空无一物的黄金
那是一座炼狱　蜀道之难难于上青天　小说最好从后往前看
五光十色的失败　翻译就像文字叛徒和双面间谍

13

我与秘密睡在一起　　仁是我之所在

那么多的人一起制造孤独　　DNA 证明她不是我的母亲

武器与思想一起禁运　　父亲与誓言离婚

我上升至地狱的高度　　✄　✄　话在说我

早晨七点　　天空挂着下午六点的太阳

一个穿旗袍的男人　　他的目光先于飞机升空

我在噩耗中跳舞　　阿弥陀佛　　世界像一团乱麻那样井然有序

他比苦难更加苦难　　被你抢去的那个夜晚没有星光

正因为每个人都有秘密所以整个世界更加一目了然

不曾发生的事情同样真切　　比问题更大的问题是没有问题

14

火车与会议都在开　　搜救犬　　开水也在开

母亲怀里的天涯海角　　落叶放弃所有的幻想

我拜痛苦为师　　　『美国常驻联合国■乡长』

放弃一切的镜子　　在　　或者不在　　正点到达的错误

休眠火山　　船在凭吊两岸　　无数人的痛苦彰显出统治者的业绩

我一贫如洗但还有余生可以捐出　　判决书

你那毫无节制的彩虹正在大幅缩水　　休克还在深入

普通的一天因为过于普通反而显得有点特别

风　　逆道行驶　　时间穿着宽松的礼服

紧张时松开双手　　浏览器　　我在中国拥有十四亿分之一的股份

15

你的沉默是一种暴力　晨曦有些盲目

小树站在大地的遗言上　一双拐棍的筷子

北极熊　我正在用沉默发言　极度的痛苦反而被界定为幸福

泪水在钓鱼　NO　我要起诉母亲对我的爱

他的一生像白菜萝卜一样便宜和清淡　黄金中有我的理想

关灯睡觉　一个与自己为敌的人　沉默是有高度的

保护好并不存在的东西　哲学里没有午餐

音乐会还没有结束　天呀　一根被素描津津乐道的枯草

我把剩下的时间还给时间　石榴在果园里放火

迷路了才能找到自己　♬　十五的月亮是思念亲人的句号

16

一瓶灌满了水的酒　未来顺流而下　阳光收回贷款

石头　咒语翻飞　老百姓　注意刹车

风在克服真理的阻力　思绪沿着船与河水的方向流淌

今夜的早晨　我正在与一个失踪的人交谈

母亲用乳房埋葬婴儿　∷∷∷∷　九月在塌方

一百年过得真快　禁止吸烟　我已经第二次年过半百了

回声如同退稿　我爱上了比匕首还要锋利的时光

桌上摆满了盛宴一样的难题　眼前的睫毛比未来还要遥远

我用刻骨铭心忘记一切　只有在股市上才能测出这个时代的血压

泊在云里的船　一颗暗淡的心没人会说它的瓦数太低

17

连体婴儿　石头剪子布　天空是空虚的实体
下水道也是一种道　我用咒语给上帝庆寿
香火提拔寺庙的职务　理发师给真理剃了个光头
月光沿着我一直往下走　失望来得有根有据　船在海上服刑
机遇到处乱窜　我要在你的笑声中大哭一场
讣告　时代的嘴　这台电脑需要重新启动
那趟列车晚点了十年　✚叮咛✚　休止符替我打了个盹
回信是星光送来的　你的到来比地震还要突然
给父亲刮一刮胡子　我不可能握住全人类的手
圣旨随夜色一起降临　谁也无法充当制度的保险丝

18

一座日月也无法走过的桥　你那清澈的目光已被污染
时代的脸谱　台湾海峡　一个被死刑救活的人
糖在嘴里制造苦难　他是一个越位的传教士
枕木有无穷无尽敢于卧轨的兄弟　我为背叛自己而生
我与逝者的再次晤面是为了相互指证生死
沼泽　无论是爱是恨我都没能做到不顾一切
三月三　AAAAAAAAAAA　窗户一直在做启蒙教育
亦青亦黄的草木如同人间的恩恩怨怨
农夫山泉　无数人的生正好构成我的死
我一怀念故乡就有一种赌博可能会将它全部输掉的感觉

19

准星为子弹引路　　种子与誓言一起下葬

时光在我身上逗留　　欢乐从昨天的方向走来

一瓶零下五十三度的酒　　下雨了　　我说过我什么也没说过

幸福将我惩罚　　妈妈　　我与海共渡一条破船

生活无法对着说明书来过　　那座城市位于村庄的正中央

婴儿车停在阴谋旁边　　一生的积蓄也不够我感恩

神和欲望一起走来　　计划生育委员会　　观念转得比闪电还快

故乡仍像冬日的残阳　　【+-×÷】　　我做了个不再沉默的手势

冲向你时我根本不计后果　　晚霞在我们之间发呆

我不是在等那一天　　而是在等除那一天之外的所有的日子

20

整个大地着陆在一架飞机上　　归来者出家

狂欢的沉默者　　吃过豹子胆的人都已埋在豹子的领地

满载谎言的火车已经进站　　燃气灶是遍布每个家庭的微型火山

我承包苦难　　□□□□□□　　鱼要脱离池塘与江河

除了自己我不敢看不起任何人　　饭桶是什么器物？

他把行李丢在一本书里　　明年春天的花不会在这个冬天现身

所有事物的脸都红了　　那天的雨并没有找到枯死的禾苗

花把芬芳贡献出来　　被我甩掉的影子又跟了上来

我希望看到从你目光里散发出的瞧不起我的光芒

你的到来改变了四月的气候　　聪明的人会在所谓的前途中留一条后路

21

杨树的胡子早已花白　我是我自己的尽头

黄金的火焰之舞　罪孽　阳光在球场上锻炼身体

我用藏匿的形式进行冒险　喜新厌旧　多余的恰恰必不可少

你的重托有些轻率　我与并不存在的一切同归于尽

你的谎言露出了比马脚还长的尾巴　（＝▲＝）不是中的是

机场上停着一只比飞机还大的蝴蝶　一个父母过剩的孤儿

那是一个带有遗憾的下午　桥只架了一半

你和我的表情如同残局　衣帽架上挂着不愿离去的晚霞

我一直坐在咒语的牢里　他用沉默震撼了我

我对这个世界的关心比这个世界对我的关心还要显得多余

22

用昨夜或明晚度过今生　我在爱里交出自己

痛苦的锚无法抛下　逃犯跑进了英雄的森林

同意市长的意见　钟在敲时间的脑袋　活人被死者看透

手表在走它的老路　凸凸凸　我的生命被书翻到了最后一页

历史悄悄怀孕　朝霞脸上的老年斑　那晚是所有人的白天

谁也不能用注射器执法　我用秋千荡出国界

那是一个比命运还要重要的日子　所有的舞台都不能跳舞

蚂蚁要在下雨之前完成搬家的重任　关于失去亲人的痛苦回忆

母亲不要我的钱也不要我的孝心　那是一条以歪就歪的河流

四月比五月更加稳健　鳄鱼对不幸做出了重大贡献

23

末班车上走下黎明与儿童　黄昏尾随在你身后
运动员在投所有球迷的脑袋　我活在石头的怀念里
他用不可能挣到的钱去赎罪　时光之刀一寸一寸捅进我的腹部
我强奸自己　【◇】　喜鹊用叫声开花
灾难已经登陆　不知该把自己的遗愿下葬在什么地方
月亮照在大地的床单上　我的灵魂已被通缉
你的忧伤和月光一同映在窗帘上　腹中的婴儿胎位不正
他在自己的血管里流浪　我长久地注视着蚂蚁并随它们一起爬行
黎明来得太晚　正是财物葬送了那些需要财物的人
胡言乱语的是　（定语）　离开时别忘了带走你的来意

24

我回到离开的地方　雪人在阳光下大小便失禁
密码释放暴力　他爱自己的异乡　一个想要盗走自己的人
派生出来的想法可以充当税款　我有被人误解的机会
海回到自己的故乡　我吃过自己的苦头　燃烧的火在休息
致谢的人替我脱下帽子　◇钥匙找到了迷路的锁
我从自己的现在一直跑到你的未来　那不是船想要靠的岸
他有属于自己而别人无法抵达的目的地
我找到了自己但不敢相认　译者　一日三餐只是为了回避死亡
路标在打我的理想的主意　我要离开属于寓言的地盘
开会时他找不到自己的座位　嗬嗬嗬　一天下来落日倒头就睡

25

硬币越来越说不起硬话　这个夏天真冷

大树倒在落叶的怀里　金木水火土　沙滩向海辞行

死者驾驶新生　☎ ☎ ☎ ☎　电话在每家每户公开卧底

寂寞在钟声中回荡　中国结　我是我的子虚之词和乌有之乡

谷雨　萤火虫偷袭成功　繁华的遗址

大雪落进寓言　喜悦令我厌倦　从前里有我的现在

天一黑我就提醒自己起床　事故为死亡充值

石头一直控制着自己的情绪　我与未来一起同归于尽

我要在春天最为敏感的地方立地成佛

我怀揣所有的文字　但我一言不发　我中了谚语的诡计

26

我已经掌握了背叛自己的本领　生命还在使命无法结束

领带　空中的陆地　围绕脖子的道路

语言被我挥霍一空　碰碰车　我一招手整个世界都要回头

我是我　谎言与真理正在斗殴　我非我

母亲昨天的祝福正是今天的风险　夜色隐瞒了我的想法

人们对猪的智慧还停留在蠢的水平和认知上

我一直都在效仿别人的失败　我用影子收复自己

流浪汉才是真正的旅行家　ρθβητ　还有女人没被爱尽

一朵野花把我带到郊外　五月来得非常仓促

大雪把整个六月下得七零八落　墓碑是最后一张王牌

27

我用文字搬走石头　啤酒　溢出杯外的香格里拉
钢琴的第八十九个键　农夫与庄稼作战
指南针　酒和女人一次又一次地将我打败
沉默里有我的耐心　他在等待早已错过的一切
那些被人偷走的时光　我生我死　然后形成一种世界观
潜伏的瘟疫就像下一场球赛　起起伏伏的日子并非床笫之事
村子里的人议论纷纷：为什么要去庄稼地里办公
无法闭眼的梦　我隐蔽在暴露之中　没有娘的月光让人心痛
一场没有演员的话剧　日全食　失踪者与我捉迷藏
那个早晨比露珠还要灵动　富翁都是被彩票砸中了穴位的人

28

噪音也是我的供词　他在夜色中扎下根来
是北京而不是上海　冬虫夏草　我的理想正好掉在你的陷阱里
他的一生还会重来　≧△≦　≧▽≦　你充满了无知的魅力
满腹心事正在增加你的体重　逝者在死路上谈笑风生
你居然用罪恶作为盾牌　欲望的沟壑无法填满
我把自己用来怀念　赋格　六月的雪让我大开眼界
一座没有名字的城市　我的自豪全部来自自悲
风筝的线牵动着太阳的神经　欢呼是另一种形式的战栗
他在广告上找到了自己　我在寻找那个有别于自己的自己
我必克己　清醒是一笔更加糊涂的糊涂账

29

烟在抽我　逻辑还有脉搏　你的情绪四季分明
直布罗陀海峡　未来还有我的一席之地
如何对一个病入膏肓之人实施安乐死　眼泪是我的捐款
彩虹不是我的声带　事故来得正是时候
中华鲟　永别了死亡　天鹅美得让我不相信会有罪恶
老街的两边都是我的童年　我在回忆一件还未发生的事情
通过水表能否分析潮涨潮落　????　可口可乐
让我们帮一棵枯树拣起丢失的绿叶　哑巴　我要重复自己的未来
灵感来自水性杨花的女人　痛苦让我富甲天下
词意没有尽头　唯一的故乡比所有的他乡加起来还要多

30

没有一分钱的银行　风沙在空中搅局
孤独陪伴着我　什么？我早已尝到了痛苦的甜头
阳光一掷千金　卜十丁　荣誉弃我而去
天还没有冷到需要赤身裸体的时候　曾经有过的念头都已返航
黄河在你回头的那一刻拐弯　天气好得狂风大作
我在探索如何与一头老牛成为朋友的路径
天快黑的时候列车抵达黎明　那不是真的就像这全是假的
彩旗飘动着无望　讲汉语时他喜欢夹带一些英语单词
那一天里有整个九月　这个世界给予你的恰恰是你要抛弃的
日子是我们必须要用平常心去对待的隐形杀手

31

热情埋葬理想　我还有梦　但必须醒着才能做
我知我心　随便　我的头低得比命运还低
你是一个需要保持足够距离的近义词　阳光在抄我的诗
剩下的只有遗言　风景犹如遗址　时光将我唤醒
你要有耐心　电影票　她说什么　▲冬天天亮得很晚
中华老字号　没有亲人的故乡　不是可以而是应该用骨头敲钟
必须通知到每一个死者　你把三月放在我写诗的那张桌上
血比我的表情还要惊恐　▲柳絮在晓风中不停地抽搐
那是一个比风筝还要飘浮不定的节日　腥气浸泡着渔村
只有哭泣时我才能够唱出那个歌唱家所说的海 C

32

往事在梦中将我逮捕　没有阳光的早晨比我更加无助
一把瘫痪的椅子　国际刑警组织　沉默惊醒了春雷
回家时你不可能把一天所得像钥匙那样掏出来
跷跷板并不是游戏工具　幼儿园的午餐是不成熟的政治经济学
令人心动的事情会威胁到生命　黎明泊在岸边
我正在为法律切脉　木乃伊　整个四月回到一秒钟里
雄鸡给我送来新的一天　面对你我还想创造一个你
水回到龙的身边　芈芈芈芈　那是一个拒绝参加合唱的人
奄奄一息的七月　所有的动词都在冲锋　起重机吊起一片浮云
怎样才能祛掉望远镜的眼袋　你正在成为你不想成为的那种人

33

我死得还不够活泼　盆景是浓缩的江山

毫无反应也有一种喜剧效果　我是所有观点的搬家公司

两个合葬的黄昏　《红楼梦》　梦楼红

车停在矛盾与矛盾之间　我在自己的沉默里参观你的孤独

钟表店　你的困惑正在解密　雨随愿望落下

一个没有母亲的黎明　我不知道自己的生日

石头是克制的产物　诗歌■小人书　江河按照辈分流淌

他用问号把自己钉在那里　人生的定位随电梯升降

与我对酌的影子酩酊大醉　斑驳的月光从墙壁上脱落

麻雀是随时都能看到的动物　大象　更能随时看到的动物是人

34

蚯蚓是菜地肚子里的蛔虫　泪水是我的饮料

鹤立鸡群的高楼像个鳏夫　葵花监视太阳

雪人碰到了丢失信件的邮差　鬼爷鬼　风把刮走的希望又吹了回来

我去灾难中度假　所有的国家被地图召集到纸上开会

神用耳朵偷走钟声　房价的海拔高度阻挡了飞机的航线

保龄球像啤酒被我喝空　晚风收走一天的垃圾

我在汽车上驾驶着方向盘　你要有属于自己的观点

旷野上到处是寂静之物　差一口气与争一口气

缓期两年执行　窗台上散落着阳光丢弃的硬币

伤心落泪的人　冰挂是冬天倒着生长的庄稼

35

寓言落山了　云像事故一样款款飘来
周末没有舞会　整个五月倒在沙发上　走向未来如同逃亡
伐木者被树伐倒　诗歌葬送了我的才华　φφ　灯笼裸露丰乳
沉默就像积雪　宫商角徵羽　被俘虏的可能是真理
老鼠正在检阅人的喊打之声　灵魂申请救济　坟墓永远做东
我被小号吹响　指挥正在对所有的音符执行死刑
怀旧之人难以进入新年　#######　我要祭拜自己的亡灵
那么多人围困在难题中无法解脱　小丑带着礼帽
人生的语句总也无法通顺　压岁钱　我的思念反而使故乡沦陷
事故脱颖而出　无边无际的雪显得比我更加苍老

36

他的想法走错了房间　没有公务的公务员
你的末日和未来同时摆在上帝的桌上　没有灵魂的雕塑
我用你来收买自己　定员的天堂早已超编
我的愿望不老　光明正大　夜色已经为我准备好了遮羞布
鸟在天空流浪　那是一张海风与棕榈的合影
镜子正对着我化妆　词的药片　一代人的倒影
长河不长　那些梅花受过迫害　花开花落
我还在寻找失踪的弟弟　胭脂　那是一堵隐形的高墙
电话号码　丰收反而使农夫尝到了饥饿的滋味
我在正午等待暮归的老牛　除了不幸我没有任何亲人

37

鸡年到处都是猪　鱼在观灯　否定别人并不能肯定自己

我与窗外的上午对峙了整整一个下午

医生在服病人所开的药　足球已被投进篮筐

教学计划全部落空　游行　我一生的努力就是虚度时光

灯是睁眼瞎　我去地狱上访　桂花的芳香散发出一种欲望

时间从来都不歇业　那么多的灯为我叹息

持续下着的雨像在不停地忏悔　宁宁宁　我坐在往事旁边

靠岸的船像回头的浪子　你的身后是空无一物的背景

我用激情控制闸门　这比屈辱还难接受的一天终于到来了

没有消息比已有的喜讯更加值得期许　你说的圆满只是一个圈套

38

百叶窗一层一层剖析这个世界　一条没有人的路

我用蜘蛛网虚构人生　雪像重任一样落在大地身上

早晚有人会用镰刀收割我这棵庄稼　歇斯底里的黄昏

栀子花开在它自己的愿望里　鸟在处决一把枪

我想暗杀自己但一直没有成功　3×3＝九个王八蛋

舌头出卖了我　舞台上的人忘了台词　秘密独自前行

瀑布刷新时代　总算走过了那段连钟也无法挪动脚步的险路

菩萨正在睡觉　判处有期徒刑五年　石头已经醒来

雪化了但矛盾仍然存在　时光我行我素

那个休止符比呐喊更加令人震撼　我的晚年需要重新装修

39

森林里长满了野人的头发　我用自尽守法
那个镇上的方言比外语还要难懂　大桥无法跨过时间之河
飞机背叛天空　我与刚刚买回的那台车并非志同道合
三聚氰胺　深秋和月亮同时与我交上了朋友
炊烟超度村庄　从开水瓶里可以吊起地下水来
冰融化了温度更低的太阳　さЩさ　冬笋拱出申冤的头
开会　赤道是大腹便便的地球的腰带　货到付款
铁环滚过纯真的童年　一个躲避影子的人
你用幸福制造事端　他从没去过目光以外的地方
等待戈多　他妈的　妓女从来不说过时不候

40

所以　暗示的角　并不存在因为　与垃圾为邻的思想
事故安然无恙　父亲已经成为称职的儿子
夜是所有黑心之人的老巢　瓷器　四月徘徊在岁月之外
火苗在飞　这个秘密需要用更加秘密的形式公开
天没有征求我的意见就黑了　追求女人需要先写申请
语言走完了它的路　我比任何时候都像这个时候
我在"是"里说"不"　倒向我的宝塔带着你要放弃的信仰
儿时的那个游戏肯定会在葬礼上重做
那是一个诗人的早晨　他一生都走在被别人抛弃的路上
我之所以不知足是因为你们还有多余的痛苦

41

诗永远成就不了我　迹象异常　来自诅咒的力量
失踪的人在发表演说　我要带走故乡留下的人
支票在封银行的大门　电影从不上映生活　牛在宫殿里耕田
感谢上帝所赐的苦痛　我在没有任何消息的地方等你
沉默是我的别墅　诗不该像自助餐一样随便
坐在寓言门口的那个人已经故去　那么多的星星都在各行其是
朦胧诗　水被鲜花烧开　我是被人偷走的一段时光
比喻就像转基因产品　上帝的命运谁也无法揭晓
我不可能把你乘坐的那架飞机作为故乡
沉默缓缓流动　午餐配有心灵鸡汤　我要完成天空的遗愿

42

祖父一直靠药物活着　玫瑰之祸
太阳从西边出来绝对不是一句笑话　诗人死于自己的才华
为什么不回答孩子的提问　我一起床早晨就躺了下来
痛苦是我的职业　高压锅　你比实事更像假象
我已死刑在身　他站在人如潮涌的地方感受孤独
你的见解使我闭塞　我想在你的怀里种地
枫叶流尽了整个秋天的鲜血　我在零点前后徘徊
时光之手洗得干干净净　黑夜的眼睛难以复明
破折号　我一直在帮自己的敌人恨我
失误让我成功　开颅手术一定要做　他在等候午夜响起的电话

43

我在离开自己　百科全书　黄昏尾随而来　春夏之交
停电使我猜出了那个晚上一直无法揭开的谜底
照相机里有文字无法描写的风景　谁也无法私藏太阳的光芒
两个相爱的人找不到一个可以交媾的夜晚
取道未来回到从前　小报在浪费每一个人拿在手上的时间
他在你那里找我　秘密是我每天外出随身携带的现金
我并不会比这个世界完蛋得更快　我想说的是什么也别说
坐在阳光从不来访的老宅前　他像整个村子的图腾
暴雪熊熊燃烧　那是一条我们不可能用一生去走完的路
我提醒过早晨要及时把太阳像灯笼一样挂出来

44

你已经失去了相信自己的理由　一张如同尿布的精神地图
哲学家卡在哲学的齿轮里　你一驻足就成了格言
【TESTAMENT】　在一个人也没有的地方我找到了所有的人
下午的时光被盗了　↑↓↑↓　坟墓像汽车横冲直撞
天边的晚霞都在赶往黄昏　大地反复在唱歉收之歌
王者归来　与人为善　一个以语言为生的人
来来来　她是一个喜欢陪黄金白银睡觉的浪妇　去去去
我与昨晚的那个梦一起出行　麻雀像毫无诗意的灵感飞来飞去
田野待在我的目光里　问号的大门无法打开
迷宫似的会议室　人　追求什么最终会死在什么的手里

45

疾病正在拯救医生　他老得像一个婴儿

在一只老鼠的身上我看到了整头大象的内心和边疆

日历正在赶路　我与自己相遇　一棵巨大的政治灵芝

昙花创造永恒的美丽　头发是我的思想之根

我被一个看穿世事的女人所钟爱　灾难在我的人生中长驱直入

阀门控制着长江与黄河的流量　你的安抚让我惊恐万状

回声步步逼近　鼎鼎鼎鼎　许多秘密等待我去揭开

春节里的孩子与鞭炮和雪共同组成年画

机遇之火引燃了你籍籍无名的人生　丢在地上的烟头重新发芽

一群鸭子被乌云赶走　我在过一头老牛和一只羔羊的人生

46

失败比胜利来得更快　蓝天上的雪　带着希望研究绝望

或者相反　无根的凤愿　没有玩具和阿姨的幼儿园

忧伤是我的乐园　塑料袋　婚期与死期结伴而来

起床　母亲是与我关系最远的人　岔路口

那些观点已经过了保鲜期　我老得像一根垂死挣扎的黄瓜

索道是什么道　结束生命　誓言是极地之光

你对我的爱如同行凶　那晚的月光一直荒凉至今

被爱劫持的人质　∩∩　我的脑海里还有灵感之船在航行

春天的花是一扇又一扇充满诱惑的门

我还从来没有挺身而出过　天气恶劣得像在刑讯逼供

47

烟缸中堆满了思想的尸体　饕餮大餐
突如其来的五月　死亡分为"死"与"亡"两个部分
做爱并非一男一女两个人的事情　我用赤脚踩热田埂
立冬才是插秧的日子　父亲的遗言还有余温
不做与真理毫不相干的事情　扔掉的垃圾全部变成了投资
我的生命被一个蹩脚的数学家给约分了
有一种声音需要用眼睛去看　南瓜的成长就像扩充地盘
母鸡把蛋下在落日常去的地方　九月被抛向天空
看到古老的水车　我的目光也成了文物
在思想的平台上买几个菜喝二两酒打一场小赌怡情的麻将

48

一支歌唱到结束还没有开始　货币替我们生活
合同仍然有效　地上有一枚月光的邮票
小偷在偷换概念　倒计时　进村前我碰到了土地公公
在唱那个高音的时候喉咙千万不要紧张
葬礼还没有开始　新娘来了没有　梦在替我赶路
蚂蚁有比大象还大的罪行　油库里早就没米了
蝴蝶默认的并不是春天　【子宫瘤】　我靠失眠抵抗黑夜
故乡为我守灵　拜拜　我不想在命运里待得太久
胡子一直在掐鲁迅的人中　泪水是眼睛酿出的酒
退休前开始设计新生　每天我都要挤出一点时间来把它浪费掉

49

目的地在我的背包里　激情也是一种能源

我在清明的晚上度过了中秋之夜　沉默与安静毫无关联

拒绝也是一种接受　奖金照发　你的沉默来势汹汹

我从马克思那里借来的《资本论》一直没还

你的耐心还没有走到最后一步　种子像悬念一样洒在空中

风还没有着落　（@口@）　一毛不拔的人羽翼丰满

妈妈　文明之火　一百年之后我又是一条好汉

语言之光越来越暗　活着就是要有不跟日子较真的耐心

点球决定胜负　我的欲望让夜像女人一样无法入睡

背景不是我的未来　我与死亡的合约签与不签都具有法律效应

50

剩下的时间如同小数点后面的数字

亲爱的　我要把无数失踪的人变成现实中的繁星

十个黄昏也无法还原一个黎明　我的影子比我更加敏感

黄金埋在通往白银的路上　地火运动

我不知道是怎么回事　鱼钩的本质就是调戏鱼

一个安装了假肢的巨人　机器猫　冰在火中凝固　敌人是可亲的

你安静得像无人的子夜　你是许多个他所组成的你

兽医正在给人看病　河里的死尸还没打捞上来

混乱也是一种秩序　QQ＝扣扣　那人身上长满了反骨

我对幸福的追求已经到了需要趴下的地步

51

电梯横向运行　阿里巴巴　雪线以上的负增长

我从结局出发　整个世界用崛起的方式瘫痪

秘密比密林更密　青霉素　你用诗意扫除所有人目光中的灰尘

一群考古学家聚集在一块鲜肉周围考古

大陆之岛　我正在背叛自己　头条新闻　信号不好

鞋带捆住了他的手　⑤④③②①　我失望得还不够及时

内裤式的警卫员　谜底像沉船被打捞上来

我在你从不注目的地方出现　星期天　你代表整个冬天谢幕

他为一只蝴蝶租赁春天　呐喊就是公开心里的秘密

晨曦浩淼　同时爱上敌人和朋友算不算重婚罪

52

你的两行泪就像挽联　那片晚霞充当过我的情人

那群人的表情犹如世界地图　《兰亭序》

夜色和语言与我构成勾股弦三角定义

灵感将我引爆　西藏　烟灰是可以倒掉的月光

站在雪中我是大地露出的马脚　我带着所有人的失望回家

参考消息　荣誉已经成了一种不堪重负的累赘

那个女人有一种置我于死地的美　他与眼前的一切相互为敌

演出　这个世界的分量还没有超过我的体重

你在犯法而不是犯规　我比死亡还要万无一失

那是一种枪口对准胸腔的感觉　注意　如何堕落这需要才华

53

你们的讥笑证明了我的污点　我索取过的东西恰恰不是金钱
目光投掷炸弹　台词一直在寻找想要说出它的人
很多稀奇古怪的想法从下水道里探出头来
乳房戴着乳罩的眼镜　火苗如同真理的熟食
词句像子弹一样射出去　我像原因一样从结局那里重返故乡
和弦必须弹得饱满　小河像一根绳子勒住村庄的脖子
停电时我们才会点燃那个词　外药严禁内服
骷髅的工艺品　工作狂　一本需要倒着看的书
那是一座用词语修建的堡垒　时间像水一样从我的血管里流失
我已经被人下了赌注　空空空空　天空没有必要一直空着

54

疾病在挑选它所看中的人　回到与日子平行的老路上去
晴空里的雨　我是一场特殊事故中的幸存者
一个师的兵力形成休止符的包围圈　台风不是虚张声势
时间在过所有人的生活　国王　荒芜的初衷和目的
售楼部在预售天空和大地　灯和眼睛相互看透
退货　沙滩是海的前线而不是后方　起诉书
在人群中结识一匹马　不是相互而是独自进行交往
钟声将我敲响　窗外的小雨与我共进晚餐
目光也能发电　我在文字的峡谷中穿行
我对那些被我反复使用而又未能让其闪光的文字深表歉意

55

寂寞　时间的裸体　我被隐匿之人呈现

秘密如此清晰　在一个忧郁的晚上我绝食三天

我与自己的影子擦肩而过　狮子蹲在猎人的假日里

第三代阳光　发动机在空转　我正在回忆自己的未来

他想行刺真理　●●客人与菜和酒在谈三角恋爱

汛期是大自然的例假　欲望之星闪烁　她的美迫使我放弃邪念

一条闪电的龙　阳光灿烂　回声就像下辈子

我被这个世界的残酷所温暖　那些假话无不经过抛光处理

高原不仅仅缺氧　包谷像硕大的鞭炮挂在屋檐下面

回到万事不染的虚无之中　午睡让人多出了一个需要起床的早晨

56

在地图上旅行　那条小路顺手把我牵走

在地契中阅读天书　超市在出售它的国家

轰炸机扔下的幸福　作品编号　你的微笑将我凝固成冰

乘法口诀表　你的话比你的目光和手势还要难懂

暴徒　那架飞机并不是我小时候看到的蝴蝶

女儿出嫁等于取走我的一个器官　上帝的职位像吊脚楼空着

红色高墙需要降压　青山绿水　我死在复活节里

免费咨询热线　●_●　谁能说自己是万寿无疆的人？

我已经分不清真币与假币了　整座医院都需要手术

金钱被金钱泯灭　黄昏与黄昏之间互设办事处

57

树叶飘落我的思绪　网上购物　血一直流到时光的深处
跳绳的孩子越过了国际日期变更线　古老的连枷
你还有活的欲望　我与所有的关系没有关系　遗憾之水将我流走
没有情节的剧本　我一回忆车轮就开始前进
亲人们围坐在节日四周　我在冒犯从来没人敢去冒犯的人
部队开赴的方向并不是战场　浮雕增加了将一碗水端平的难度
我的野心是野火烧尽之后春风难以复生的野草
田埂上的第五大道　我要上诉　梦游者来到现实之中
警笛在喊罪犯回家吃饭　海面平静得像不曾发生过任何事情
你比喜讯先到　今晚的《新闻联播》大约需要365天

58

我要对一天中的二十四小时重新进行布局
一顶行贿的礼帽　亚健康　我在生命中下了不惜血本的赌注
六月已被瓦解　死者的脸上堆满了活人的恐惧
自说自在　明天的你肯定活不过今夜　农舍在篱笆里服刑
我用脚步挪动光阴　你的沉默像巨石压着惨叫不已的人
井下还有没死的矿工　舞会上的人都有假定的配偶
清朝的辫子是一条短命的长廊　哺乳期　白云蒸蒸日上
消防栓起火了　＃　＃　我用耐心控制激情
我不可能在你的爱里过完今生　我一无所有　家财万贯
伟大的巫书　死亡呵　你总是与我沾亲带故

59

死是我活着的存款　今天的处女地　到此结束
平生起伏不平　诗歌替我走完余下的人生
零点那个地方有个裂缝　爱像旗帜一样升起又像半旗降下
我与失踪者朝夕相处　精神古董　沪指高开低走
白宫旋转三百六十度的地球　婴儿将风暴尿在床上
夜色比咖啡更浓　华表从来没有改变过站立的姿势
王羲之的墨　有情人但没有情　乌托邦　他在自己的口袋里行窃
你无法耕种那么多荒芜的土地　夜色在你之前来临
想要谋害我的夜晚　灾难对我投怀送抱
那棵枫树血压太高　平安的一天并不等于平静的二十四小时

60

理想还剩多少余额？没有注册的事实
我比我自己更加我行我素　可以敢说敢为　但必须谨言慎行
明天晴天转大雪　活菩萨　黎明向黄昏倒戈
午间休息　人是本金而不是利息　第二幕
不及物动词与所及之物正在唱对台戏　画外音里有我
田野醒来　=ω=　=ω= 那一刻有人闭上了眼睛
求你砍下我的头　我÷你=并不存在的他　泪水埋葬爱情
你的沉默有了反光　正确的决定简直就是笔误
他把自己撵走　身份证　今晚我需要一个比公牛还野的女人
月光对我不离不弃　历史用它的一瞬辜负了我的一生

61

永恒刹那间冒烟　陷阱埋葬陷阱　有刑没有法
跳高运动员跳过的是伙食标准　我找到了一份失业的工作
河流拐弯的用意值得琢磨　他说：除了犯法我没有其他爱好
在你带来的夜里　我的一生彻夜不眠
因式分解　活着的最高境界就是藐视所有的死亡
戴着镣铐的奴隶在跳霹雳舞　按部就班的钟已经被时间甩在身后
医生在我的病历上抒情　午休　我对自己从来没有残忍过
遗传基因　爱情是一起美好的事故　心电图在冲锋
早晨的那条路不能确保黄昏还能用脚去走
你的到来决定了我的离去　死亡总是比我的理想高出一个辈分

62

举手表示同意而不是反对　那种成功违背了失败的逻辑
我睡在别人的夜里　肿瘤医院在进行白细胞比赛
一道正在值班的光　大脑中的那次地震超过了十级
结局是所有开始所形成的共识　夜的心事琢磨不透
沿着谎言的方向寻找真理　猕猴桃　我的遗愿像被打捞出水的残骸
那么多没人关心的问题正是问题的症结所在
四合院里的三角恋爱　上帝在地狱里拜我为师
语言的领子满是污渍　遗传基因　一双当代者的旧鞋
残雪坚守着无望的冬天　那个从黑夜里探出头来的人就是谜底
我骨瘦如柴　只有理想能够代表我的体重

63

足球替我自投罗网　我用泪水爱着自己的祖国
我在永生中逝世　诗人在小说里游说
小道消息　闪电用一秒钟概括了逻辑的一生
一场骗人的游戏　我在爱的付出上从不考虑收益
外星人的语言　☆★§○　这是什么现象？
兔子的尾巴也能从长计议　拼音文字　只有亡灵才能超凡脱俗
我要畅饮自己的泪水　一二三四五　路熟知所有的脚
丝瓜开花意味着衰老　他的迟到是非常准时的
沿着理想逃跑　非常糟糕　你明天的一切都无法绕过我的今生
你的蛊惑充满魅力　他不出门但观念满世界闯祸

64

非法出版物　夏天用蛙鸣播种　五谷熟透四季
你的山歌唱飞了我的草帽　等一等　我用暴力打动你的心
马驮着一场大雪走过布满沼泽的草地
哨声不是聚拢而是惊飞人群　地上的月光不会融化
节约用水　到底是南水北调还是南腔北调？
月亮在正午向我问好　■■■白发在我的头顶积满了时光之雪
故事里到处都是不会讲故事的人　鸟飞过不属于自己的天空
闭门思过　阳光躺在地上　苛政猛如虎　开门迎客
蚕用一生的贡献毁灭自己　他用行凶的刀来切为我祝寿的蛋糕
一种误读　子弹比花生米更好下酒　接头的人是一个插座

65

枪声在没有天空的地方响起　　时光比我更加空虚

安魂曲晃动摇篮　　ΣΣ　　风暴也有懒惰的时候

一封被我写到人生尽头的信　　勤奋的猪　　帆像投降的白旗

我在北京一无所获　　参考消息　　菜园门并不那么好进

减七和弦　　理想与孩子　　不再需要计划生育

我要重复你的单纯　　找不到一个适合哭泣的时间和地点

大家安静下来　　雪与阳光站在一起的美景不会太长

口齿伶俐的人被迫打着哑语　　那台机器早已瘫痪

遛狗的人也在遛自己　　@　　信仰一直让我站着

我挣的钱全部用来赎罪　　你的悲伤影响到了整座城市的气候

66

作家和诗人是不是百灵鸟的亲戚？装饰音

棺材到底是家具还是房子？我说的是小米而不是大 V

文字之店尚未开门　　我与迎面而来的列车谈判

夜在回首　　我想隐藏的秘密家喻户晓　　春天的燕子落荒而逃

你的成熟是无形资产　　我是一座谁也无法登临的岛屿

他是一扇沉默的门　　●0●　　来客比死神还要陌生

千手观音一样的树　　雨正好下在无人带伞的地方

我要在你落泪的地方掘一口井　　他无法与吸铁石交上朋友

没人发现婴儿已经衰老　　我们的邂逅就像一起车祸

诗人灵感出身　　早晨的那杯牛奶更像一种自欺欺人的生活概念

67

麻将在玩每一个人　有人走失在通往八月的路上
发烧的观点　整个新疆都在一粒葡萄干里
我起得如此之早是为了防止有人把第一缕阳光私分
今年冬天不供暖　父亲不知故乡是否还是原来的样子
佛是谁都可以忝列其中的人　他在观念上一直做着亏本买卖
沙漠也是祖国的一部分　那是谁的星期三
我之所以深刻是因为我是矿工　我的不幸享誉全球
牵着马的孩子在放牛　我欣赏那些不轻易欣赏什么的人
岁月为我让路　≠　我可以前进　恩格尔系数
股市像瀑布一样暴跌　我怀揣着的爱就像危险品▲

68

风是我的邮差　降 E 大调　浮云的实体
石头用生硬成熟　空格一样的独白　樱花是春天的第一场雪
敢于在诗里毁灭一切就是对艺术最大的贡献
一张丰收的欠条　月亮升起故乡的心愿　时光的慢板
日历将时间变成一种周而复始的逻辑　我送江河出嫁
女人是否想过　保持贞节等于灭绝男人的本性
那天晚上到底发生了什么　（需要加注）　芒种到底种什么
为什么第二天的云像血一样红透了前一天的预感
唤醒明天仍然要靠今晚的星光　结果摆在窗台上
我是真理的志愿者　头是整个身躯的政府所在地

69

你用惩罚对我进行奖赏　雪下在自己的目的地里
蛇用毒液与你交涉　我比小心翼翼还要肆意妄为
彩虹如弦　伤口帮我回忆往事　没有父亲的人
我的来访具有侵略性　&　诗起床的时候所有的诗人还在睡觉
汨罗江沿途寻找屈原的接班人　我的态度像乌云一样明朗
可以签字盖章　你用凌乱的头发比喻复杂的局势
人群里没有人　我摸摸双肩　责任和使命都在上面
我就是第三者　帕金森病症　牛用尾巴驱赶在背上越境的蚊子
我一直在追赶那些往事　过于安稳的生活充满潜在的危险
火车行驶在公路上　在母亲的怀里我无家可归

70

故乡从梦中赶来看我　命运雪一样降临
萝卜白菜并不清淡　雪飘下来误伤了所有的种子
我的心脏在体外　蝴蝶沿着飞机的航线飞行　星星在正午亮相
九九八十一　掌声催开花朵　我的诺言背叛了我
我用锄头写作　河水带着顺其自然的表情流淌
眼镜是目光的避孕套　◎→●←○　灾难是我的吉祥物
我在喧嚣中发表自己的沉默　婴儿无法保持正确的坐姿
我在公园里碰到了一只想要置我于死地的老虎
故乡用月光静养身体　外滩　上海的横切面
上辈的故事替我老去　雪因为我的重温而融化

71

刀光照我写作　魔鬼的生日　滥情的红玫瑰

皇帝的新装钉满了无数人目光的扣子　泪水出卖了我

一天中的两个黄昏　失败是从成功者手里缴获的战利品

血把我要说的话已经流尽　尾气成了风向标

野草丛生　猪八戒　你的爱情一直处于歇业状态

我用沉默长眠　油菜花迎来了自己的节日

即备即忘的备忘录　在没有桥梁的地方欲望横跨大江

黑暗在我眼里独白　观众都是悲剧角色可剧场上演的总是喜剧

我对你的印象就像一场战争　他用诗人的桂冠充当小丑

死亡供过于求　∞无穷无尽∞　没有必要争先恐后

72

秋天的银杏树　重新在往事中生活

剩下的话题都是干粮　我像树墩一直坐着

相聚时的告别宴会　[百度一下]　我在召开独自一人的会议

脑袋像古董摆在那里　々▲々　这个世界在我身上旅行

你的眼泪让我回到现场　网络大战　她是所有必然中的偶然

枫树来了月经　五百克的风　所有的情节都死在舞台上

我比酒醉得还要厉害　夜色将台灯重重包围

我在飞鸟的回忆中停顿下来　谁也无法阻拦想要出嫁的春光

一个被警察记录在案的地下室　罪犯必将死在罪里

■水水水　水患无穷　■路路路　路路不通

73

这个世界被陨石砸得头破血流　镜子里的往事

热情这个词已经有些冰手　整座城市都在打鼾

葬礼在婚礼的间隙进行　囹囵囵囵　谁走在必须回来的路上？

河沙沉积下来　光的语言过于直白和单一

大山倒下　电冰箱　子弹发出击中目标的回声

妓女的目的是要把夜色搅浑　肾虚　我卸下没有含意的重任

白发苍苍的夜晚　ＭＯＡＯＭ　湖水替我叹息

她要为那个死去的人献出贞操　失败像胜利一样凯旋

我居然还有再婚的动机　心理医生在我的病情里就业

那是一片魔鬼与天使的杂居地　他一直与灾难打得火热

74

风梳理着四月的辫子　那个夜晚消逝在不归者的身影里

光的速度慢于死者的步伐　月光是诗人的籍贯

法庭在审判一头犯罪的猪　腰椎间盘突出

皱纹更像文物　我家的禾场还没有麻雀的野心大

要不停地与他讲话　佛佛佛　他若睡去就不再醒来

坟墓在哭声中颠沛流离　增值税发票　自言自语中的自己

穿过人的丛林　癌症是我中的大奖　一定要反抗

晚霞如同剩余价值　那些人正在追赶下一代

他的目光比头发还要散乱　水库蓄满眼泪

时间的存在显得有些多余　堕落一直是我无法实现的理想

75

无望占着上风 梦中的奔波和劳累替代我的睡眠

无数人活在虚拟的爱中 第九自然段 参数方程

死去的人一直在怀念我们 他的怀里有一条屈原的江

还没开始就有了结局 与敌人合作 我不接受影子的礼物

她用泪水洗澡 秘密随子夜那趟航班起飞 我在你的目光中迷路

洪水加快逃亡的步伐 那是一篇没有灵魂的论文

小三和弦 ※ 海盗管理大海 我肩负着重获新生的使命

空气无处不在 谢谢光临 到处都是投亲靠友的燕子

我的前程就是回家的路 爱情没随情人一起到来

你的生日就像孩子放飞的气球 每次与命运打赌我都必输无疑

76

对苦难依依不舍的人 知识分子正在使知识蒙冤

秋天的风到处收税 我对孩子的天真充满敬意

大雪那天正好夏至 杂种 我忘记了别人并不会忘记

我与五月的合影有时肩并肩有时面对面有时背靠背

暗语已被破译 στυκλ 是你让我成为春夏秋冬的复合体

地狱是上帝的根 我与幸福属于不同的性别

我的思想是高速公路必须全程封闭 眼前的一切转身成了背景

那一夜的雪落满了我的人生 花在开放它的国度

所有的形容词都无法形容你 我在动弹不得的夜里奔跑

鉴别你时我的角度有误 坐在童谣里的老人不愿离去

77

把枕头叫醒　1+3＝5　对　窗户将我关在门外
安魂曲　带着遗愿回家的人蠢蠢欲动　灵感时亮时灭
雨来的时候伞像乌云一样盛开　死亡必至
床是永恒的尸体　阿门　请在我一无所有的身上设计未来
国内统一刊号　百花齐放　我不想收养自己的影子
日子过得越来越像一场电影　没见过海的海鸥
宗教并非都是神圣的　汇丰银行　乱伦者是肉体上的政治犯
逃避是我慎重的选择　炊烟在抽村庄的税
我对失望比对希望更感兴趣　那个运动员在用我的尖叫冲刺
我像倒挂的蝙蝠审视所有的正人君子　未来不来

78

花是大自然的玩笑　火熄灭在一张纸上
黄金分割比　我在等那个等我的人　列车把大地开走
我把时间坐成灰烬　阿门　大自然比我更不自然
我有我的没有　基围虾　你的计划没有初衷也没有目的
无数人从九月出走　浮云从下午二点六十一分的头顶飘过
那种法则的光线越来越暗　你并不知道你一直都在与真理为敌
风是有脚的手风琴　（ε（#）　中文软件无法下载
拧紧相互之间的关系的那些螺丝钉　具体一词过于抽象
所有的人都在撒谎　门诊　你千里迢迢来到他的遗愿之中
我把早晨从牙膏里挤出　开会　虚度时光等于丰富我的无知

79

暴雨在砸大地的锅　页面无法打开

一生的追求就像临时决定　你一直站在括号外面

所有语言对我俯首称臣　在那条断流的河里我是唯一的水

我们的共同心愿像一架失事的飞机　一座心眼太实的空城

他这一生都在念自己的遗书　谁是职业幻想家

幸福已被我当作善款捐了出去　沿着寓言留下的脚印前行

我迈着告别的步伐前进　丧钟唤醒死去的人

无线连接　只有零星的狗吠证明村子一息尚存

有人在吃真理的回扣　高等学府　我与冬天在雪地上签下合同

这里没有僻静之地　痛苦和不幸先后修改了我的性格

80

熊猫的生活令我向往　你的笑声是严肃的

临时行车道　那场小雨简直就像从沙漠中挤出来的水分

季节的舞步有些慌乱　盆景点缀的日子我无福享受

姓名	性别	出生年月	工作单位	电话号码

忧伤随工资发放　乌云心事重重　我停下来可路仍在前行

他对说谎情有独钟　耶稣　有人建议堵塞那条通道

早餐的牛奶里有黄昏的味道　我发现了未来的藏身之处

火光潺潺　锣鼓和鞭炮在灾难中安静下来　过去与未来合二为一

我的热血被大雪冷却　挂号信　陨石从天而降

好好读那本无字天书　什么都看不见也是一种发现

81

我像一根针插进小路的血管　时代在歌声中怀孕

是爱让我活着　No　雪暂时改变这个世界

风筝飘走所有人的童年　海带　我比父亲老得更快

意义是毫无意义的　设：A＋B＋C＝第三者

你给我的幸福如同高利贷　小路旁边长满了语言的野草

那个一直在开长途客车的司机根本没有驾驶证

午夜的钢琴声　整个四月已经不省人事

你必须掌握你无法掌握的规律　写入诗中的月光都有重量

答案若隐若现　第20040期　圆明园十二生肖兽首铜像

一病不起的大地　图书馆里坐满了在知识中服刑的人

82

你用泪水清洗眼前的幸福　未来终将脱离轨道

楼梯顺着你的手臂拐弯　风暴聚集在日历上

踏破铁鞋无觅处（句号）格言像灯亮着

重阳节　摆在那里的家具替我生活　等腰三角形

灵魂的拍卖会早已落锤　那条小溪如同我的泪水已经流干

【审讯笔录　问：那天晚上你去了哪里？罪犯：……】

托福考试　六月像待葬的灵柩停放在山坡上

一只隐喻的狗　船像细节出现在海上

这世上的欢乐一一对应我的忧伤　没有海的港口

诗歌正在寻找它要寻找的人　你说过要给我一个阳光灿烂的夜晚

83

我的心事瞒不住月光　　下拉菜单　台湾

回家　岛屿在大海中独白　蟋蟀正在安慰菜园

我对着一个苹果微笑　一周后复诊　我从你的诺言中回家

哭声带来生机　三教九流　一束来自巴黎公社的灯光

[改改改改改改改]　　革革革革革革革　　[命命命命命命命]

我像学生从课本里出走　少女患了子宫癌

野草在革荒山的命　雪的目光将我融化　死亡是雄伟的

我常常与沉默者对话　低音提琴的声音就像地雷

一场雪的肖像　地震　窗口摄下了落日下山的全过程

终生绝望的峡谷　发令枪在时间的屁股上冒烟

84

夜迎着我的反感而来　我的开朗被贴上封条

他一直都在重复自己的岁月　故乡蹲在今晚的台灯下面

银行卡上没有我的血型　秘密如同定期存款

空穴没有来风　书写错误　上帝也有属相

我被一场雪打败　●业业●　国歌的词义已经生锈

迟到的人正好赶上了晚点的火车　千里马停在车库里

琴弓如锯　我是这个世界与另一个世界的分水岭

你的想象难以成行　死并不包含你所说的那么多的活人的想象

遗愿冷得比尸体还快　下腭　我与一朵野花寒暄

在四十三度的高温下我想起过冬时母亲给我缝制的棉袄

85

我在你的明天写下今生　雪像咒语越积越厚

律师成了我的公诉人　河水在七月的血管里涨潮

"自由无往不在枷锁之中"　茫茫雪原乌鸦才是一抹亮光

马戏团　我与灾难无法解除合同　字根通用码

知识成了我想放弃一切的障碍　夜色通往故乡

寓言落山了　↓↓↓↓　故宫与紫禁城并不是一个地方

手机是随身携带的自杀式炸弹　我不相信玻璃既透明又水平

长江与黄河就像滑雪板　逻辑的性格有点古怪

天气预报　那是一桩疑案　南海浪高八米

联合国将要解体　回收站　疾病在我身上实现了它的理想

86

孤独和失望像连体婴儿　一张布满指令的脸

现实生活被反复虚构　一个农民在舞台上插秧

我与自己用一瓶老酒打赌　司马迁　他熟悉陌生领域

命运将我从列车上卸下　我坚持你所放弃的一切

我在自己的体内奔跑　星光闭上我的眼睛

小河里的洋流　会议【非议】　我家就在你所说的不幸之中

公路上满是逃生的汽车　最后一棵树的大地

占卜者掌握着我的命运　玉坠的子弹击中了他的心脏

雨下在无法显现的寓意里　老年痴呆　那么多的念头无法聚会

两个真理在做对抗游戏　一个比母体还大的婴儿即将诞生

87

我在沙漠上滑雪　请去真理所在地投案自首

喷嚏之花盛开　秘密像在嘴里融化的巧克力

所谓的才华宠坏了很多诗人　菩萨　我的沉默是一座地宫

落叶使秋天掉在地上　我在自己的罪恶里执迷不悟

谎言的胸围　中英文对照　乖乖哝嘀哝　十八世纪即将到来

四月里挤满了日子过不下去的人　上帝需要补充蛋白质

太阳在我头顶采集思想的光芒　沉默也是动静

风呀　请不要吹乱时间的头发　早已放弃的念头卷土重来

我去你的未来出差　那不是作品那只是一堆文字尸体

《荒原》　春天的秧苗青得有些可疑　高山上的我与大海为敌

88

树木孤寂一生　人是动物的总和　一病不起的故乡

那是包涵所有人的个案　谚语　果实里没有你的秋天

歌声为我让路　那个下午与我形成35度的夹角

紧挨着妻子的春天　保险公司　浮光掠影的东西反而让我深省

我在不幸被人言中的生活里过完自己的一生

心里的秘密像根一样越扎越深　账本是债务之诗

我要借你的腿赶路　流通的不仅仅是现金

这是一场过于严肃的游戏　11时59分59秒

我不认识我的父亲　记忆正在挽救那些被遗忘者的生命

垮掉的一代　下载成功　着陆时所有的方案都冲出了跑道

89

喜宴上摆着苦胆　一个演员在剧情中充当观众

伏笔还没醒来　迎客松一直接待着敌人

《第九交响曲》　车像船一样行驶在时代的脑海里

钢琴的声音把我送到夜的深处　阳光斩首一切

一份天黑才能读到的早报　信封里装着所有人的秘密

我无法拥有文字的大自然　整个逻辑链都有关节炎

罪犯留下罪恶而去　ABA三段式　时光在我的睫毛上逗留

我处在自己的下游　不要去惹待在家里的蜜蜂

影子时亲时疏　他在谁也不愿光临的末日里放声歌唱

我比我自己还要晦涩　给灵魂买一个比花圈还大的生日蛋糕

90

暗号的灯　成熟的果子并不是一种结局

整个三月空无一人　精密仪器　一场美不胜收的小丑表演

那些人并不是真正的哑巴　梦游者还没有回来

一道师傅的光照亮徒弟　彩虹在撒弥天大谎

我不听那些飞檐翘起的歌谣　月光如同案情越来越明朗

七月里有我想要成为某个日子的那一天　我吸上了真理之毒

头发和思绪在风中忙碌　证据里有一口无稽之谈的井

死者都是伏笔　阿司匹林　无边无际的人海只有巨浪是岸

整体的碎片　＾◔_ ◔＾　罪恶使我获得新生

在失望的位置上我谋求连任　去年的枫叶一直红到今年的寓意里

91

旅馆里滞留着已经离开的人　安顿好待在时间之外的人
作品第 64 号　一个惊叹号挡住了我的去路
到底是 U 盘还是 U 门？克格勃　新娘坐在春光的轿子里
闪电传递圣旨　乐手在乐曲中不知所踪
闭上眼睛才能看清这个世界　我可以不是我自己
道路还在可我找不到自己的脚　那个人重复并独创了自己
岁月怀念我　强迫一首诗要有寓意是件可笑的事情
想要找出方便面里的防腐剂困难重重　被四月出卖的人
我一次又一次改变词义要去的方向　我在他们的无望中供职
这个夜晚被赤手空拳的梦所打败　今晚没有夜

92

庄稼替土地成熟　喜讯刚好从我身边经过
天文台　她的美丽使我对一切钟情　夜莺有权歌唱黑暗
流干的血帮我写完总结　我一直没有掌握与自己打交道的本领
干燥的歌谣　谁能把我从失败的结局中营救出来
没有人知道我不想知道的事情　春天里站满了与冬为伍的画家
时代为那些豪言壮语者挽起了袖子　我与成功两败俱伤
我坐在你所说的井里　和声对位法　那个妇人比黄昏还要疲惫
野猪早已上了餐桌　我悲此生　野人已经没有野性
桃花败坏了故乡的声誉　秋草枯萎了大地的想法
日月经过田野　留下了无数谚语的脚印

93

蚂蚁吹嘘自己庞大的帝国　电话正在向耳朵开炮

不是我不想改变命运而是命运不想改变我

她不相信我爱她的誓言　1949 年　他一直都想做变性手术

祖父在坐过山车　乳房是无法坚守的高地

邮政编码：10000000000000001　剩下的都是多余的

你一定要大智若愚到没人能够看出你的野心

钟走到了时间之外　『偷情』　铅球已经解体

一闪而过的念头无法备份　电脑死机让人联想到地球停止运转

我清晰地看到了未来但并不知道这只是一种模糊概念

左边的命运在右　以此为界　右边的命运在左

94

他的回头让我想到卷土重来　兜圈子　顺风顺水的王

我与别人的影子搭讪　那棵不结果的果树像个寡妇

坐下来与所有的人一起独处　那一刻时间停在大街上

不用担心没有时间做那些需要浪费时间的事情

医生一边做手术一边做手脚　患者是个木乃伊

不要给谎言贷款　МЛУЖ　让一座城市与另一座城市通婚

我从九月的眼睛里失踪　办公用品　喜事穿过订婚戒指

无所适从的感觉是准确的　昆仑　你们的怀念让我随月光消逝

庄稼在我的诗里成熟　婴儿才是我的祖先

回忆让我与事件一起变老　我像农夫一样在灵感之光里劳作

95

那一夜正是你所说的这一天　　大风执迷不悟地刮着
磁悬浮列车　　神的禁令已被废止　　丢失的硬币已经发芽
思想停止对外营业　　《史记》　　水在走陆地无法通行的路
世界抵达我的故乡　　你的祝福被我用洒水壶浇到了花上
梦死在枕头上　　我看到一个既怀揣经书又怀揣匕首的人
银行卡号：捌玖伍陆壹贰柒　　密码：索发米来多
高山无法站在我的大拇指上　　假设　　所有的时光都在为我让路
一张比人情更薄的纸　　口服液　　小桥流水的江南还在关外
那是我的雨因为我在哭　　你的思想蜷缩着　　我与灯光意见不一
他的手表暗藏玄机　　终点是广州的车票让我到达北京

96

零点一过就是新的一天　　这个时代并不能接受我的观点
那支烟为了我的寂寞甘愿烧毁自己的一生
收藏夹　　冰在证明气候的残酷　　乌云还在滑翔
理论家与稻草人对话　　英文版 win7　　时光倒流我的血
诗人的生命不是用来押韵的　　乱七八糟的思绪构成乌托邦的钢丝球
我与公共汽车在街上走失　　举起的手成了一根长长的天线
聋哑学校　　阳光洒在湖水的遗愿上　　灾星闪耀
电子信箱　　88888@ pb. icbc. com. cn　　秘密发送
夏日的阳光如同行凶　　●我就是喀纳斯湖里的水怪
他研修苦难并获得博士文凭　　老花镜　　地震之前没有任何征兆

97

钟的声音惊飞四散　注意　我并不能从你的大度中获益

果酱毁灭了果实　车水马龙　他的双鬓白了人间

我是那个照彻古今的人　人口比思想更加稠密

时间清洗往事　蚂蚁≥大象　所有的微笑对我形成威胁

在你的世界里我遇到了自己　⊙ω⊙　档案的黑匣子

一堆比风景还美的垃圾　一个个普通的人让整个社会变得特殊

那是一条坚守秘密的暗河　嘀嘀咕咕　心脑血管疾病

一具观念的遗体　虚情假意的利率怎么能够继续上浮

孩子在秋千的摆钟里长大　端午节　眼前的幸福让我无法度过

没有调性的诗　十万个为什么有答案　而一个为什么却没有

98

无人能够偷走我的痛苦　那么多的光为我暗淡

涟漪的思想一直都在波动　从那个门进去可以找到出口

我不是演员　我和影子席地而坐　不能靠台词活着

宗教的雪　万里长城　大家都在用双手谋生

丹霞地貌　定谳　无辜的六月和丛林

要有一套接管未来的预案　慢性支气管炎　脑袋里的起搏器

狂风把我赶走　←缶缶缶→　笑脸先于玫瑰盛开

天气比我的脸色还要憔悴　过滤之后的黄昏安静下来

旧事中的新人　胆上有一颗日新月异的结石

我借窗外的雨打发时间　哮喘　谁能给我一个不是盗版的五月

99

伤口也是景点　魑魅魍魉　一场没有人的战争

到处乱窜的河流　100%　阳光像过期的尘埃堆在地上

森林里的八月有些阴冷　黎明穿着黄昏的鞋子

河水冲淡我的激情　第八页　龙的精液一泻千里

我一直生活在你胸前那颗纽扣的世界里　阳台没有外星人光顾

小河沿着孩子们的笑声流去　⊙▃⊙　在你的寂寞里开一家酒吧

那是一场十八岁时的电影　我把你的日子还给你

我用离开的形式接近他　溶洞里有一个隐匿的大自然

秋天像复仇者一样气势汹汹地朝我走来　隐喻的山峰和鼎

我在所有追求完美的人中度过自己短暂的一生

100

她在秋日立冬　开水正在冷却主人的热情

在我所看到的事物中　（华夏儿女）　只有时间在新陈代谢

早晨的露珠她都一一数过　两只脚分别走向过去和未来

我与五月结盟　人民法院　我要甩掉那个堆满不幸的节日

土壤并不等于土地　属于我的那片云无法着陆

存入的是爱取出的是恨　黑色星期五　我待在一首歌的影子里

藤蔓朝深秋爬去　满头白发让我变得更加纯洁

因为有很多因为　闭幕式　所以只有一个所以

隐私什么时候上市　我是与诗歌为敌的诗人

你用罪恶哺育了我　死亡证明书是我下辈子的营业执照

无标题交响曲

作品 64 号

第一乐章

【Adagio　宽广　柔板】

有人把我带到读者的眼里

我成为一本书，成为一个故事的开头或

结尾，中间的整个发展过程，只是

一秒钟的历史，在这一秒钟的历史里

我过完了自己的一生，我不是我，我是我的孩子和父亲

在芸芸众生中，我成为一起事件的

崇山峻岭，我跋涉泥泞的自己，却到达别人的目的地

书所翻开的那一页，正是文字的籍贯

在一个故事与另一个故事之间，我看到流浪的情节

还有人，我为记忆奔走，直到寓意的

尽头，我粉碎我自己，然后接管完整的世界

在公共汽车的眼里，树，日复一日地旅行

街道使城市有序，同时又使它涣散

下水道，流经风马牛不相及的防空系统，飞机把权力
带往更高的高空，陵墓与它的影子窃窃私语

我用另一个人构成自己，构成失效的
法则，在沙化的日子里，我代表小草宣布返青
天空如同虚设，像十二月的末端
我开凿一口井，在地狱里寻找出路和未来

我从地狱返程，在带回的深渊上
搭建一个平台，将埋葬千年的遗愿陈列在上面
让并不存在的事情成为经典的范例

有人走出卧室，在客厅接待自己的影子
大海被倒进一只碗里，我看到无数淹死的船
晚霞在窗外泛滥，狂风暴雨来自一张随手扔掉的纸片

鸟，租赁阳光和万里无云的蓝天
取道早已消逝的彩虹回到从前
我与一个早已失踪的人，面对面，我们形成
两种观点，但共用一个黎明

【Motive　动机】

广场
不同角度进入的人……

【Moderato　中速】

有人害怕
未来提前打乱现实

于是，前方的一座大桥
和一个寓言，被定点爆破

怀有理想的人
和空虚的风并肩而行
列车已经晚点
知道秘密的人和与他相关的消息
都滞留在半道上

无精打采的时光
趴在枯死的树墩上打盹
鸟从五月的天空卸下歌声
也卸下粪便
粪便击中了正在发号施令的人

我在一群沉睡者中
敲钟，但他们的鼾声摧毁了
我的故居，站在钟声
爬不起来的地方，我用锤子
敲击自己的脑袋

晨曦无法打开早晨
光被禁用，六月像个黑匣子
里面装着蝴蝶的前言和后记
还有我的正文

小草在地上静坐
像守节的处女，松树耸立

像男人的阳具

【Pausa　休止】

○

【Andante　行板】

白天丢失的记忆，被夜间行驶的车灯照亮
神所弄黑的故事，还有情节
突然变得清晰起来，字的神经
击活书写它的人，树，找到了祖先的根

阳光不停地变换角度，就像兜售
自己的手艺，我站在季节不再摇摆的秋千上
感受一种失去活力的稳定，云，依然飘着
带着很强的随意性，五月已过，蝴蝶的路已到尽头

花已经说得够多了，香气淤积在
节日里，冲昏了整个大地的头脑，蚯蚓在泥土里
不安地变换着问号的身躯——
我的出路在哪里？生存环境为什么这样板结

时隐时现的路把我引向闪电的深处
我在不祥的乌云之中安身立命，我的一生，注定要被
雷霆击得粉碎，冬天的雪花，像寓言的粉末
我重复自己问过一千遍的话——
为什么那么多人对罹难的真理无动于衷

枯叶腐烂，默默改变泥土的性质

承包土地的人，正在成为地契中的自己

第二乐章

【Stringendo　推进】

水，替时代考古
它找到了那个比井更深的人

花抖动着开放，密码的丢失者
意外地找到了接头的人，记忆被打捞起来
像海底的沉船，重见天日

石头履行诺言，决定
解决所有僵硬的问题，晨练的人
用太极拳推开身边的雾，可柔软的动作
无法化解铁板一块的现实

山野的庄稼围坐在主题的
四周，流星回到可以
重新发光的位置，被水煮沸的禾苗
热血沸腾　一切都绿了
将要到来的夏天，是可以铸造丰收的熔炉

【Staccato　顿音】

生　死
刀锋对话刀背

鸟　飞破天空
露珠　安抚早晨

树　包抄大山
野猪开始突围

预言上升
海　正在退潮

钢琴　演奏者
砸出滚烫的和弦

风　将墙
和根　一同拔起

列车　带走
必须留下的人

黎明不是黎明
黄昏总是黄昏

【Allargando　放宽】

五月离去，闯入宫城的
朝阳，被驱赶到庄稼化为灰烬的地方
颤音响起，大提琴漆黑的指板上
悬着一轮送走泛音的弯月

弓在弦上哭泣，演奏者的泪水

汇成一条交响的大河，指挥用手上的指挥棒
砍断所有音符的头，旋律
像集体阵亡的将士，我坐在观众席上
像一个背信弃义的逃兵

我在一首诗的尽头走着
像一个迫不得已从真理中出家的人

乌鸦和谚语的翅膀，成为天空的
一部分，观念和想法，被云朵修改原有的属性
一个魔术师，将它变为赃款

有谁知道，从真理中饿死的人
甚于从饭碗里饿死的，站在文明的
荒野上，我看到忧伤像野草一样
疯长，风带走水分，枯萎的灵魂像稻草人

山峰犹如大地的拳头，峡谷
幽深得像失踪的消息，生，是这一切的总和

【Modulation　转调】

立交桥架在脖子上
定义像秤砣和落日那样下垂
彩虹抽起井下的水和宝藏

在文字组成的博物馆里
一把英雄的剑与小脚女人的鞋摆在一起
火焰在尾声里熄灭

一条老街，让我回到
一个孩子的童年，回到我的
陌生的故乡，回到我的命的
一元一次方程式里

我从一张报纸上看到
即将在我身上发生的不幸事件
而报纸上说的，我全然不知

我正在解除自己的武装
让顶天立地的正午，从笔中倒下
让所有的文字成为俘虏

一件过去的事情，早有定论
而另一件未来的事情，遥遥无期
两件事情与我从一而终

我刺向一把刀，把曾经的恩人变成
凶手，让死去的人用鞭炮
起诉，在一盏灯里打捞黎明

我与自己擦肩而过，像
靠近码头的船错过了系缆的时机
我撞在冰山上，成为一个
千疮百孔的神话

钟在回顾历史
我用倒叙的形式构建未来

【Andantino 中慢】

工具和热情，不是被闲置
而是被封锁起来，季节开始
荒芜，生锈的镰刀与荒草共处黄昏

无数人的经历，被封存在
无法开启的缸子里　那里面有——
泪水，血，还有真理的精液

我替那些将要消逝的往事
转过身来，用找回的阳光残片
恢复历史的本来面目

我活在别人替我编排的
程序中，有人在键盘上双手敲击
我必须用双脚走完的人生

我活在这个世上
就像已经有了和正在经历
必须再活一次的来世

风，吹白书中的文字
还有我的头发，我和读者
都显得有些苍老

站在湖边，我与水中的
影子，构成真假莫辨的画面

镀金的晚霞
像一张上帝伪造的文凭

暗语一样的荧光，像
无数特工与整座城市接头
路灯在更新密码

第三乐章

【Ritardando　渐慢】

目光在书中的流速
慢慢减缓，注释不断增加
看书的人，必须坐在太师椅上
像进餐一样把文字的含义全部吃进肚里

河水的流速也在减缓
屏风，一道横切面的风景

翻过长堤的风，在船的头上小憩
岸边的我，头发难以保持原有的立场
一如无法保持漆黑的颜色

像久远的故事，我已经老了
尽管听它的人，睁着天真的眼睛

有人在电线杆与电线杆之间
安插自己的亲信，离间人与人的关系

我的一生变得灰暗
掉在地上的花朵，变成季节的冷笑

一个疯子，在岁月的大街上
找到了我的精神遗物，我替无数死去的人
继续活着，成为千军万马的神

画中，清澈的溪水犹如挽联
挂在两山之间，跳下山涧的淙淙溪水
斟满了无数餐桌上的酒杯

时间歇脚，我继续前行
在问题形成的漩涡中，我呼救
我淹死在没有水的水中，我是一个
被沙漠榨干了水分的木乃伊

无数人在梦中欢呼
——神女怀孕了
医院传来的消息却是
——神女流产了

【Spiccato　断奏】

雷声响起　　密布的丛林　　冒出
青烟　　海面　　上升　　部队
恐龙下蛋　　小鸟惊飞　　潮水
卷走婴儿和母亲　　我　　支离破碎

山　　忽明忽暗　　一棵树

孤独站立　　一条大河　　流经五月
未能　　抵达　　大海和首都

温度骤降　　风　　紧缩银根
硬币　　宵禁　　上书　　肚皮朝上的早晨
翻身的鱼　　海底的礁石　　谜
预言　　无根的大地　　主题与变奏

清水　　一代人的爱情　　垃圾
沉重的雾霾　　人　　眼神
交谈　　广播　　无边无际的沉默

有人敲门　　查验户口　　日记
钟声　　哑巴　　失去亲人的村子　　井
风向有变　　航班晚点　　无家的云
失联　　小鸟　　虚设的天空　　门牌号码

信　　档案　　石头　　深渊
输液管　　道路　　插曲　　身份证
提示　　九月的断想　　呐喊　　刀的节日
火把的冰　　星光　　十九世纪的风

【Atempo　回原速】

岁月带走了根的沉淀物
无法带走的，被一首将来才能看到的诗
收藏起来，我依靠忧伤而活着
幸福已经成了我的仇敌

原野上，风慰问枯草
我在怀疑，庄稼是不是真的
活在这片土地上；就像我毫不怀疑
它们最终都会死在人的嘴里

高山隆起硕大的政治乳房，彩虹把手
放在乳房上，整个七月
犹如妓女的集散地

我已经习惯将痛苦
变成法定的假日，并用幸福的心态
度过时日不多的余生

当敲锣打鼓的日子来临
我会关上门，像一个资质肤浅的佛
普度在深海中苦苦挣扎的
芸芸众生

我在语言中走失，又在疑问中
找到出路，在一个无法到达的地方
我住下来，用一盏灯
庆祝死去的夜晚，和我自己的生日

【Presto　急板】

风，吹走天空
吹走来不及苏醒的一切

正论与反论的

滑雪板，正在夏天造雪

鞭子在响，老牛
缓缓拉动夕阳的车轮

上涨的水位，考验
堤的高度，疾风提出了
自己的诉求

乌云和都城
拥有无法说清的属性

闪电挥剑即止
雨，亦怒亦吼

夕阳在天边
沉没，谜底浮出水面

黄沙逼近小草
骆驼和驼铃，捍卫绿洲

第四乐章

【Largehtto　较慢】

婴儿像遗物，摆放在产床上
母亲死于难产，两代人共处于噩耗之中

一个医生，胸前挂着
钟摆一样的听诊器，伏在地球的肚子上
仔细辨别难以听到的胎音

我还没有出生，或者说
早已胎死腹中，母亲正在吸氧
整个季节处于昏迷状态

哲学之光来自正反两个方面
问题是，命只有一条，结论也只有一个

在已经消逝的那一部分里
你可能会找到我，在支离破碎的现实之外
我仍然完整，练习过无数次死亡
之后，我熟练地驾驭新生

地震已经来过多次，它的话语
或轻或重，地震仪已经作了详细的记录
学会去过还没有到来的日子
把眼前的烦恼，像垃圾一样尽快处理干净

我是一个你们已经明白了一切的未知数
那是神秘而又神圣的所在
教堂的钟声和上帝的旨意都无法抵达

【Tempo rubato　自由处理】

一个与爱为敌的夜晚，我被染红的月光逼到记忆的死角。在那里，
一首战斗的歌已经唱到失去阵地的尾声。四周的树，用影子代表自己立

场。大地如此空旷，我与歌声的立意站在一起，走向夜色的反面。

站在未来的现实之中，我怀念现实中的未来。

夜，深得需要整个世界跪下来，才能保持平衡。篝火在大地需要继续释放激情的地方燃烧。火焰飘到珠穆朗玛的高度，星星像蒸馏水滴落下来。一块朽木，坐落在火的深处，灰烬已经决定了它的未来。

四周埋伏着比恨还要可怕的爱。

谁也无法用招之即来的黎明，置换挥之即去的夜晚。我埋在这个夜晚，又在这个夜晚获得新生。我不会在这个夜晚哭泣，我是这个夜晚的父亲，我必须坚强。

我听到孩子在梦中的哭声。

在未来的某一天，不，在未来的所有时间里，我会怀念母亲，怀念为真理捐躯的人。我也许会成为一个永远没有故乡的人，并在芸芸众生中失去所有的亲人。

我孤独得像一个失去所有臣民的国王。

【Grave　缓慢、沉重】

站在河的另一层含义里
我成为脑海的岸，成为一种固态的泪水

春雨到来，为无数枯死的松树殉情
鲜花如泣如诉，一群燕子飞过

五月，寓言在天空中
解体，沉重的风，逆光而行

文字和月光铺成的道路
从九月里来，又回到九月里去
秋天是沉重的，但这个春天
比秋天更加沉重，铅，已经成为它的一部分

夏天蹲在六月的对岸
钱塘江的回头潮如约而来
沿着浑浊的江水，我顺流而下
像一条鱼，或者说，像一个鲜活的传说

庄稼，一排排倒伏在地上
雷，像坦克一样碾过，庄稼还没有成熟
初夏，梅雨将问号落下
答案反弹到天空，彩虹置身现实之外

五月的江，六月的河
伟大的母亲一个世纪才会出现一次的经期

你是谁

1

雾，制造谎言
制造经不起推敲的山盟海誓

需要脊梁的时候，你抽身而去
群山滑坡，水殉情而去

晴朗的日子，难免让人揣摩
乌云隐身何处？雨是不是已经下了地狱？

你虚拟四月，还有花朵
派一条船，去安慰奄奄一息的大海

只有你知道，为什么不幸者死了一百年
报警的电话才刚刚响起

2

白云飘过昙花一现的蓝天

四月，一匹季节的马

我无法选择一个地方
修建诗人需要的村庄
也无法用诗里扬起的词语和飘落的雪花
堆成一个童话

我栽种庄稼
用泪水告诉每一棵秧苗
别再冒险发芽

小草在沙丘里求生
松树在绝壁上立法

为什么会有灾难？
你是不是做了什么伤天害理的事情

3

我像一个作案的人
逃之夭夭，在你鞭长莫及的地方
用梦的碎片，修一座与故乡遥遥相望的小岛
我坐在一条文字的船上

船，随波逐流
水，若有若无
那是一座经过无数浪花选举所产生的小岛
在那里，在云的版图上，我可以

用阳光的笔，自己设计自己
还有万物的归期

风扶我下船
我走上小岛，走向树像母亲一样多的王国
花为我盛开，芬芳取代了曾经令我窒息的空气
我把灵感放在草坪上
像你打高尔夫球那样
让它一杆到位

让彩云和蝴蝶，飞，还有所有的树叶
我给予它们一切，给予它们可以背叛你的自由
为了它们的高贵，我愿做一个
地位卑微的人

4

我和你在误会中相见
又在相见中再次产生误会

门开着，你不愿进来
我的怀里有一个可以与你谈判的世界
而你的心里只有
与我向往未来这一愿望背道而驰的诡计

你想永远占有我
用一只万籁俱静的手

雪花在你的暗示下飘落

虚拟着经不起推敲的深情

只有我知道，那是大地背在身上的沉重债务

冬天的列车　直接驶入夏季

春天的站台，形同虚设

在你的成功里

我只能用失败成全自己

5

我和你的关系非常特别

特别得就像鱼死了，水还是那么平静

鱼死了

你还在用渔网悼念那些活着的鱼

鱼死之后，问题沉淀下来

水覆盖这些问题，如同腐败者的隐身衣

我承担起不属于我的责任

你却放弃了自己信誓旦旦的诺言

6

你爱玩语言游戏

甚至用标点符号来寻欢作乐

我尊重祖先留下的语言之桨
尊重每一条用沉默之词造就的船

我和你也用数字
我用减法，你用加法

我用一言不发的泪
你用普天同庆的酒

7

在树叶的万语千言中
森林安静得就像无数颗一触即发的炸弹

叶是我，果是我
埋在土里的根、伸展在空中的枝，都是我
我是一棵完整的树
也是一个被人偷梁换柱的传说

在浩瀚的森林里
你是否看到一只饥肠辘辘的蚂蚁
我愿用生命为它做寿
我的骨头，够它啃一辈子

老虎在森林中走动
身影如同一幅潜藏危机的地图
它让我想到你
占山为王的野心，还有花纹特别的税赋

小河在大地身上旅行
带着云一样空洞的幻想
小河能走多远，这取决于河床

蟒，一条游走的道路
留下的是你的脚印，我莫名其妙地想到鞭子
还有高压线

我是一颗森林中的人肉炸弹
你是一根无形的导火线，随时可能将我引爆

8

我与你面对面，用沉默交谈
用零距离来证明，什么是人与人之间的万水千山

我贴近自然，而自然中的一切
都有你的身影和元素。我无法解释
你到底是一阵风，一块石头，一捧泥土
还是一场正在进行的运动和运动之后将会升级的战争

我活在你绘制的图画中
我的血，我的泪，还有我在梦中难得一见的笑脸
都是你信笔挥舞的颜料

我试图在一个并不存在的地方找到你
在那里，我反而丢失了自己
风把很多已经吹走的难题，重新卷了回来

比喻说
连体婴儿，哪一个能上户口

9

广场上站满了
从寓言中走来的人

你是万能的魔术师
把从前的我，变成未来的他
把未来的他，变成史前的猿
把孩子的游戏变成运动

五月里
年轻人把鲜花抛向空中；而六月
他们带着肃穆的表情
把鲜花放在地上

你拥有无数鲜花
甚至是整个春天，但你并不知道
鲜花的芬芳，释放着两种完全不同的信息
就像生与死

10

你设一个局
如同设置一个庞大的机构

爆竹
在空中拓展疆土

你提着一瓶晚霞酿制的老酒
抵达黄昏中的杏花村

我总以为
台灯是一笔阳光留给我的遗产
我能一夜暴富

我和你，总是错位
而真理的落脚点，正对死亡

我生活在一个需要改变的世界
而这个世界无时无刻不在维持着它对我的原判

11

湖水、河水和江水，都在上涨
不是因为老天在下雨，而是因为有人在流泪

你把我带到灵感和灵魂的不毛之地
我像植物人，在废墟中
用无知的力量向上生长，去接近一无所有的天空

沙漠说：我有花不完的黄金
远在天边的水却告诉我：什么叫离题万里

一个早晨与另一个早晨
很难两情相悦；一个黄昏与另一个黄昏
总是共慕同一个落日

12

你给我一个金秋
可花园里的鲜花，恰恰在这个季节里枯萎

在那里
我再一次思考自己
和不再属于我的世界

死神不停地给我写信
告诉我，你在地狱里给我修建了一栋别墅
还有很多陶俑一样的佣人

一个漆黑的夜晚
我摸到了你那野心高耸的乳房

有人说，你做了变性手术
从前施黛的脸上，长满了代表权力的胡子

这世界怎么啦
为什么四月与四月之间
桥梁与桥梁之间，一滴水与一滴水之间
也在搞同性恋

13

诗歌需要口粮
需要我用呐喊来维持它的生计
我可以不吃饭
但你必须承认，这无异于绝食

你是否想过
为什么峡谷里的青松，总也高不过山峰上的小草
万寿无疆的石头，为什么心肠总是那么硬

我熟知所有人的痛苦
就像熟知自己可望而不可即的幸福

14

我要在时间的翅膀上远行
带着我的诗歌，离开水井所系的故乡
学会在沙漠里，不和任何人争夺老天爷的泪水

诗歌把我带到这里
——命运不愿露面的现场

你再一次说：水
是的，水！万源之源的水，可在这里
只有沙漠，只有就算能够背走也等于死亡的黄金

沙漠呀

没有经期的少女，没有后嗣的老妪

把你从我怀里夺走的一切

还给我，让我从她们之间，挑选一个妻子

或者，我甘愿犯下重婚之罪

同时拥有她们

15

在你的字典里

我找不到一个可以谋生的词

生活已经把我翻过一百页，你仍是最初的

那张白纸

你拥有太多的词汇

就像一串大街上被人兜售的冰糖葫芦

眼馋的，都是不谙世事的孩子

你的词典越编越厚

实际上，你已经不是一本词典

而是一本电话号码簿

花插在并不存在花瓶里

那是因为，已经有人打碎了你这个花瓶

活在这个世上

我只想成为自己

16

我试图理解你
但这很难，因为你是天然的困惑

我要从你的怀里夺回图纸
重新设计可以从头再来的人生
我要重新起草和布局
五月的海，六月的山

我从夕阳的角度观察你
也从旭日的方位反鉴自己

盲 道

A

路灯瞎了
在没有瞳孔的城市
我能看到的，是所有词汇各行其是的乱景

高楼走向天空
避雷针的誓言印证了无数人的遗言
太阳是眼睛吗？月亮是眼睛吗？所有的星星都是眼睛吗？
我怀疑毫无根据的比喻和设想

祖先遗留下的古井
也像眼睛一样失明

沿着有轨电车奔跑的人
影子像寓言替他们倒地身亡

B

我的眼睛曾能看到十二月的末端

但现在只能看到眼前的这一秒钟

一个手拄拐杖的人
满身风暴，他戴的墨镜，颜色很深
像一段无法复明的往事，乌云在天空哗变

蛇在茂密的树丛中探路
密林很深，比密林更深的是谜底

你是否也置身在
那条自结局开始的街道
那波斯猫眼睛一样的红绿灯
到底是让我们前进，还是让我们停下？

很多人用手走路
那手走得比脚更加执着
只有我知道，那是比天书更加接近虚无的盲文

C

矿井在掘进
大地深处，还有一条火的通道
但有人用第三只眼睛
在灵魂深处窥视到了那条通道的秘密

陶罐破了
水像泪一样流到日月深处
伤心的人，伤心的事，更为伤心的是有人在笑

任性的风暴在撒娇
坟墓与摇篮
是我进入这个世界的出口和入口

在博物馆里
很多文物摆在"没有来历"的位置上

D

在视力表上
我看到所有视力为零的人

久旱无雨
一棵失去母亲的树
等待甘霖像继母一样到来

河流有它自己要走的路
船像截肢的人，漂泊在没有腿的水上

季节积贫积弱
但我发现，春天来势汹汹

在按部就班的路上，我们需要的
不是平安，而是意外

E

雪，覆盖万物

突显冬天压倒一切的权势

一切都被覆盖
雪比人的迷茫更加纷纷扬扬
我猜测　可能会有什么
意料不到的事情在这个世界身上爆炸性的发生

阳光在冰上断送了自己的青春
好在，血仍然沿着逻辑所指的方向流淌
暗语，也在沿着鸟道飞行

落日的瞳孔开始放大
涟漪像泛音一样悠远

F

夜半
我从无法继续合作的床上起来
像农夫采撷棉花一样，在窗前眺望点点繁星

烟
烧断了所有的路
我比梦走得更深

月光浮肿
通往黎明的道路坑坑洼洼
邮路仍然畅通，但
儿子收到的信，是父亲的病危通知书

死亡是庄重的
葬礼却非常草率

G

我想让死亡开口
让它说出活着时作为生命失去尊严的秘密

那是一段
由矛盾组成的日子
花，总也无法兑现果实的诺言
很多事情被搁置在"这种感觉"与"那种感觉"之间

动词在前进，虚词在探索
一只问号的手，搭在沉默者的背上
邻居来自千里之外
熟悉的一切，都是未解之谜

谁能冲过终点？
所有获胜者，都是被荣誉领走的人

H

穿山甲打通隧道
横贯大脑的观念穿山而过

地瓜和土豆通婚
它们把家

从山这边的某个早晨
一直搬到山那边的某个黄昏

大山怀过孕吗

隧道里的灯光
不是缓缓前行，而是长驱直入

龙，一条胎死腹中的船队

I

载着落日的卡车
从地平线的收官之处驶过
暮色是想象和现实的岸
文字如鳞，晚霞在收翅膀的网

门牌号码还在，人已不知去向
没有发动机的汽车，在门前嗡嗡直响
迷路的狗，汪汪地叫着主人的名字

树叶飘落，秋天摇摇欲坠
记忆已经斑驳，发光的传说也已经生锈
一个饥肠辘辘的人，吸食着鸦片
风，撕碎了他的人生

时光是盲目的，阳光也不知所云
早晨出门的人，黄昏时找不到回家的路

J

每个早晨都声称——
自己送走的是最后一个黑夜

一个被欢乐处死的人
一个被痛苦救活的人

我的到来是为了离开
我的离开是为了重新到来

在歌声铺成的街道上行走
谬论是我的同伴，月光，一纸空文

南国响起惊雷的时候
北方仍然大雪纷飞

K

道路
越来越像清朝男人悬在脑后的辫子

四月不是笔直的
清明那天，人人都在逝者面前
弯腰鞠躬

人们不是从梦中

而是从现实中醒来

打开记忆的房门，他们看到了

披头散发的原野，还有惊恐万态的早晨

在我放下笔的地方

不是故事，而是事故又在发生

L

影子如同树荫

有人在那里度过炎热的夏天

一个裹脚老太太

从电视画面上走了下来

她在我的客厅里转了一圈

然后说："我这脚，正适合跳芭蕾舞！"

台历，时间的断头台

它将我一日一日，一月一月

甚至是一年一年地翻过

我在赶路，里程碑

却躺在路边睡觉

M

有钱人买下了整个秋天

我只能站在季节之外，观察果实的表情

丰收的路上
饥饿的脚步走过十月
一朵乌云
栖息在彩虹的枝头

盘山公路
到底是一条围巾还是一条绞索
套在大山的脖子上？

月光带着思念的重量
落在远离故乡和亲人的地方
回家的路总是断断续续

墙在召唤
撞死在墙上便是我的使命

N

月光在没有爱的地方融资
负债累累的土地上，我是一家行将倒闭的银行

碎尸万段的语言
组成一个完整的故事

夜的门无法关闭
失眠，万籁俱寂的风暴

O

在律师事务所
泪水、委屈，都是它的客户

床替我们睡觉
梦游者在寻找失踪的白天

灾难天使一样来临
鼠疫仍在传播，有人在口罩的掩护下撤退
像被一场大雨打败的逃兵

列车向乘客开去
站台是这个世界举办告别演出的舞台
除了死亡
没有什么值得我用一生的力量匆忙赶去亲近

P

闪电发出惨叫之光
岁月的鳞，火一样熄灭

到处都是锈迹斑斑的目光
树叶看到的只是树枝，而不是整个秋天
我总是希望，九月的眼睛能睁大一点，再眼大一点
可惜，这只是我的奢望和幻想

风把秘密
从思绪的这头吹到思绪的那头
谁能通过第三只眼睛
看到水的过去和火的未来

Q

死的天空比生还要辽阔
所有活着的人，必须用赎罪的方式
在十字架上寻找自己的出路

有人给我一条用于自尽的河
我活在鱼和船的怀里

一条哈巴狗和一只波斯猫
像两个门当户对的恋人

一群不会哭也不会笑的人
一群表情像房子一样被人装修过的人

R

医院里
有人在做复明手术，手术刀误伤了无影灯
医院的正午一团漆黑

电线在空中铺设道路
飞机在天空开辟航线

我在一首诗里寻找所有汉字重获新生的出路

雾霾，比形势更为复杂
我无法辨别四月到底处在什么方位

S

有人想把我从誓言中召回
我用无法顺从的血
拒绝了他

我在文字里劳作的身影
严肃得接近滑稽，像一场被人操纵的皮影戏
每一个关节，灵活而又僵硬

在一个新生儿的脸上
我找到了自己遗物

就痛苦而言，我已经积累了雄厚的资本
但不知道是否可以盈利

河流按照惯性流淌
一条逆行的船来得有些突兀
嬉戏的浪花，还没有作好遏制它的准备

T

我在计算时间的重量

那些沉重的教训，也需要计算它的长度

躺在万事皆休的床上
夜像一辆走私黑暗的货车
从我身上大摇大摆地碾过

我与这个世界
用失望联姻

那幅可以通向远方的壁画
实际上是一堵让我们永远驻足不前的高墙
没有人意识到，我们站在那里
会成为新的障碍

公路两边的盲道
如同形影相随的挽联

U

河床死在大地上
从前的水消逝在它的遗愿里

远古的码头
整个四月就像一条巨轮停在那里
听不见的哭声已经起航

一种观念像不速之客
闯进门来，所有的人惊慌失措

V

讣告提供了更多的资讯
万众抵达亡者的首府

花朵充满活力
阳光　同时在正反两面兼职
桃花开了，李花也开了
我像第三者

在越来越近的远方，故国越来越远

在付出中
时光用回报的速度朝我走来
我与一个答案的长相，越来越像

各自带来的黑夜，如同空碗
每人无法分到一杯黎明的羹

W

在一条结绳记事的路上
我遇到了久违的自己，还有行李一样的殇

晚霞替我消逝
我比死亡的辈分还高
往事从所有人的脸上滑过

我与这个世界，同时模仿着对方崩溃

九月不再虚张声势
就像一个传说，收起了
因为添油加醋而显得遮天掩日的翅膀

在风中，树叶不仅自创语言
而且自创一个绿色的帝国和童话世界
但大雪摧毁了这一切

鸟用明天呢喃
我用今天哭泣

X

珍藏意味着暗杀

主题上升
声势浩大的水，正好形成灭顶之灾
立意在零度之下
冬天的野草，生长得比哀乐还要缓慢

蚂蚁慢慢爬行
背着家的蜗牛，无家可归

乌云还在航行
寻找适合痛哭一场的地方着陆
真正的痛苦是无法说出的

越深，越是秘密

隐忍就是自杀

Y

途中，故事把讲述它的人
赶下车，没有动力的世界继续前行
逻辑比生活更加荒诞

秋天，树木以落叶的形式
修改自己的性格

能看清的一切，都是不存在的
看不清的，才是一切

河中的浪花就像玩笑
暗流和漩涡，预示着真实的处境

很多时光我都是在假设中度过的
美好的现实难免短暂
未来就在对岸
但我始终无法找到一条未被解体的船

Z

我被得到的一切所抛弃

在诗意无法到达的地方，我坐下来
只有在那里，我才能看清自己和自己的秘密
并与它一起合影

有人在挥手
他的影子，拉长了他的叹息

沉思
如同遭到陷害
万幸的是
我与谜底待在了一起

魔鬼对我说——
死神是你的导盲犬

我无法生活在生活的意义之外
也无法生活在生活的意义之中

袖珍诗典

【笔】
精神生殖器

【子夜】
零点一过，我就是明天的人
不再属于今天的自己

【地平线】
我在那里看到了无数个早晨
但没有看到过一次黎明

【孤独】
在人的森林里
你是唯一的一棵树

【谜中谜】
找到答案的时候反而丢失了答案
揭开真相的时候反而掩盖了真相

【饥饿】
不仅不给你供应粮食
而且不给你供给真理

【提前量】
尽管我还没有离开人世
但满地的月光早已开始了对我的怀念

【鲸鱼】
海洋自己建造的潜艇

【思考】
上帝在发笑
但我仍然不停地思考
直至听见上帝后悔的哭声

【报丧】
让我的哭声为你引路

【避风港】
在母亲的怀里我遇到了更大的风浪

【贷款】
上帝呀，请把美好的未来提前贷给我

【雪崩】
雪山啊，你是否料到
它们会以这种方式表达自己的诉求？

【沉默】
我不是不想说
而是我想推翻你所说的一切

【雄鹰】

不是我看到了它，而是它击中了我的眼睛

【桥】

大河是架在陆地上的桥

成群结队的鱼，正从桥上通过

【考古学家】

他的天职，恰恰是

走与历史前进方向正好相反的路

【天象】

闪电，鞭子一样抽打在大地身上

雷所发出的，却是沉睡不醒的鼾声

【傍晚】

阳光如同丧失立场和放弃观点的老人

靠在一堵斑驳的土墙上

【绝密】

真理也有不为人知的内幕

【黑夜】

月亮正在带薪休假

【警醒】

正是高悬的死亡之剑

才使我不敢苟且偷生

【绝望】
面对死亡，我连遗愿也没有

【丰收】
庄稼成熟了
镰刀把它们的脑袋统统割下来

【教堂】
钟声在天空画着禁欲的弧线
忏悔之人低下了曾经疯狂的头

【钟】
随处可以见到的时间的国王

【自杀】
我死在我自己的怀里

【台灯】
那是我租赁的阳光
必须要用思考付费

【溯源】
影子带着我去找它的主人

【苦恋】
那场雪与我谈了整整一个冬天的恋爱

【深情】
一直暗恋着我的女人
用遗言完成了对我的初恋

【梦游者】
一个拥有两个世界的人

【鼠目寸光】
我一生所追随的竟然是自己的影子

【乌托邦】
空中登陆的未来

【悖论】
我所遇到的阻力
不是你的冷漠，而是你的热情

【背书】
那天晚上的月光
把我的影子像名字一样签在大地上

【从容】
我比台历上的日子过得更加稳健

【晚报】
你并不能从上面看到
晚上到底发生了什么

【角度】

从东面看去，影子像个巨人

从西面看去，它又像个侏儒

【档案】

另一个记录在案的

永远无法与我本人见面的自己

【肉体】

我甘当真理的殖民地

【冒险】

饥饿之人，去找鳄鱼讨要午餐

【乌鸦】

它的叫声如同露天煤矿

【枫树】

血的标本。

【侥幸】

知足矣

我闯过了连真理也未能幸免的鬼门关

【祈祷】

不便说出的

又怕上帝听不到的心声

【仪式】

阳光和真理正步走过广场

【骷髅】

1. 故事梗概；

2. 死亡的组织架构

【冰挂】

那不是恶棍

那是极寒时自然形成的温度计

【真理】

我要修正谬论的航线

【冲天炮】

誓言犹在

但身躯和灵魂已在空中解体

【反骨】

被台风驯服的海面上

终于出现了鲸群露出的背鳍

【障碍】

天空中布满了无法删除的乌云

【失物招领】

一切都是人民的

请把一切都还给人民

【表情】

正是你愁云密布的脸

使我看到了一缕未来的希望之光

【安乐】

差一点丧生在你所赐予的幸福里

【疯人院】

一个精神架构更加复杂的微型国度

【非常识】

陆地上的船队

山峰上的海。

【露珠】

谁，偷偷地哭了一夜？

【基督徒】

一个虔诚的忏悔者

一座肉体的教堂

【缘分】

我与痛苦相亲相爱

【差异】

我从忧伤的路上

去追赶你幸福的脚步

【雄鹰】
空中创业者

【遗憾】
至死，我也没有学会生

【果园】
不怪那棵没结果的树
只怪我这个没长脑袋的人

【悬案】
很想找到扼住过我喉咙的那个凶手
但时间太久，无法从脖子上提取他的指纹

【措手不及】
未来突如其来
我还来不及为现实料理后事

【险情】
我在铡刀一样的日光下安身立命

【陡峭】
现实垂直起降
必须学会怎样去过壁立千仞的生活

【悲伤】
高贵的理想死了
我连薄葬她的能力也没有

【白条】
我这痛苦，找谁据实报销！

【注释】
一只词的鸟
落脚在寓意伸出的枝头上

【单纯】
一个孩子
长着比单纯还要单纯的双眼皮

【怪事】
梦里，我醒了
醒来，我却睡着了

【战争】
你死我活的合作

【清明】
刚准备上山给母亲扫墓
父亲又突然死在了家里

【闭眼】
我在制造属于自己的黑暗
不，我在思考所有人的光明

【礼貌】
一丝不苟的精神服饰

【惊天大案】
到底是谁想要窃取整个世界？

【情报】
那张白纸
原来是一场冻死了无数无辜者的大雪

【胜败】
我们之所以失败
因为我们获得了真理死于其中的胜利

【反抗】
我不想在上帝安排的命运里就业

【不幸】
厄运从后面追上他
并改变了他前程似锦的人生

【死不瞑目】
尸体已经冰凉，但理想仍然还有余温

【晚霞】
泄露无遗的天机
救护车无法进入的巨型血库

【主题与变奏】
音乐中的橙色革命

【哭翁】
我已经老了，只有哭声
仍像婴儿，拥有值得聆听的价值

【无字碑】
有人在墓碑上为我填表
我不知道，还要让我加入什么组织